# 纳兰性德全集

## 纳兰词
# 人生若只如初见

纳兰性德◎著　冯其庸◎特邀顾问　尹小林◎主编

国际文化出版公司
·北京·

图书在版编目(CIP)数据

纳兰词·人生若只如初见/(清)纳兰性德著;尹小林主编. —北京:国际文化出版公司,2016.7
(纳兰性德全集)
ISBN 978-7-5125-0858-3

Ⅰ.①纳… Ⅱ.①纳… ②尹… Ⅲ.①词(文学)-作品集-中国-清代 Ⅳ.①I222.849

中国版本图书馆CIP数据核字(2016)第141690号

## 纳兰词·人生若只如初见

| 作　　者 | 纳兰性德 |
|---|---|
| 特邀顾问 | 冯其庸 |
| 主　　编 | 尹小林 |
| 执行主编 | 张小米 |
| 总 策 划 | 葛宏峰 |
| 特约策划 | 刘子菲 |
| 责任编辑 | 戴　婕 |
| 策划编辑 | 闫翠翠　杨红霞 |
| 特约编辑 | 尹稚宁　帖慧祯 |
| 美术编辑 | 李晓东 |
| 出版发行 | 国际文化出版公司 |
| 经　　销 | 国文润华文化传媒(北京)有限责任公司 |
| 印　　刷 | 阳谷毕升印务有限公司 |
| 开　　本 | 880毫米×1230毫米　32开<br>9.25印张　200千字 |
| 版　　次 | 2016年7月第1版<br>2020年1月第2次印刷 |
| 书　　号 | ISBN 978-7-5125-0858-3 |
| 定　　价 | 43.00元 |

国际文化出版公司
北京朝阳区东土城路乙9号　邮编:100013
总编室:(010)64271551　传真:(010)64271578
销售热线:(010)64271187
传真:(010)64271187-800
E-mail:icpc@95777.sina.net
http://www.sinoread.com

# 目 录

## 词 一

梦江南　江南好，建业旧长安 …………………… 2
又　　　江南好，城阙尚嵯峨 …………………… 4
又　　　江南好，怀古意谁传 …………………… 6
又　　　江南好，虎阜晚秋天 …………………… 7
又　　　江南好，真个到梁溪 …………………… 8
又　　　江南好，水是二泉清 …………………… 9
又　　　江南好，佳丽数维扬 …………………… 10
又　　　江南好，铁瓮古南徐 …………………… 12
又　　　江南好，一片妙高云 …………………… 14
又　　　江南好，何处异京华 …………………… 16
又　　　昏鸦尽 ……………………………………… 17
又　　　新来好 ……………………………………… 18
又　　　江南忆 ……………………………………… 19
又　　　春去也 ……………………………………… 21
江城子　咏史　湿云全压数峰低 ………………… 22

| 如梦令 | 正是辘轳金井 | 23 |
| 又 | 黄叶青苔归路 | 24 |
| 又 | 纤月黄昏庭院 | 25 |
| 又 | 万帐穹庐人醉 | 26 |
| 采桑子 | 彤霞久绝飞琼字 | 27 |
| 又 | 谁翻乐府凄凉曲 | 28 |
| 又 | 严霜拥絮频惊起 | 29 |
| 又 | 那能寂寞芳菲节 | 30 |
| 又 | 冷香萦遍红桥梦 | 31 |
| 又 九日 | 深秋绝塞谁相忆 | 32 |
| 又 咏春雨 | 嫩烟分染鹅儿柳 | 33 |
| 又 塞上咏雪花 | 非关癖爱轻模样 | 35 |
| 又 | 桃花羞作无情死 | 36 |
| 又 | 海天谁放冰轮满 | 38 |
| 又 | 明月多情应笑我 | 39 |
| 又 | 拨灯书尽红笺也 | 40 |
| 又 | 凉生露气湘弦润 | 42 |
| 又 | 土花曾染湘娥黛 | 43 |
| 又 | 白衣裳凭朱阑立 | 45 |
| 又 | 谢家庭院残更立 | 46 |
| 又 | 而今才道当时错 | 47 |
| 又 居庸关 | 巂周声里严关峙 | 48 |
| 台城路 洗妆台怀古 | 六宫佳丽谁曾见 | 49 |
| 又 上元 | 阑珊火树鱼龙舞 | 52 |
| 又 塞外七夕 | 白狼河北秋偏早 | 55 |
| 玉连环影 | 何处,几叶萧萧雨 | 57 |

| 又　才睡，愁压衾花碎 | 58 |
| 洛阳春　雪　密洒片鞍无数 | 59 |
| 谒金门　风丝袅 | 60 |
| 四和香　麦浪翻晴风飐柳 | 61 |
| 海棠月　瓶梅　重檐淡月浑如水 | 62 |
| 金菊对芙蓉　上元　金鸭消香 | 64 |
| 点绛唇　一种蛾眉 | 66 |
| 又　咏风兰　别样幽芬 | 67 |
| 又　寄南海梁药亭　一帽征尘 | 68 |
| 又　黄花城早望　五夜光寒 | 70 |
| 又　小院新凉 | 71 |
| 浣溪沙　消息谁传到拒霜 | 72 |
| 又　雨歇梧桐泪乍收 | 74 |
| 又　欲问江梅瘦几分 | 75 |
| 又　泪浥红笺第几行 | 76 |
| 又　残雪凝辉冷画屏 | 78 |
| 又　睡起惺忪强自支 | 79 |
| 又　十里湖光载酒游 | 81 |
| 又　脂粉塘空遍绿苔 | 82 |
| 又　五月江南麦已稀 | 83 |
| 又　西郊冯氏园看海棠因忆香岩词有感　谁道飘零不可怜 | 84 |
| 又　咏五更和湘真韵　微晕娇花湿欲流 | 86 |
| 又　伏雨朝寒愁不胜 | 88 |
| 浣溪沙　酒醒香销愁不胜 | 89 |
| 又　五字诗中目乍成 | 90 |

| | | |
|---|---|---|
| 又 | 欲寄愁心朔雁边 | 91 |
| 又 | 记绾长条欲别难 | 93 |
| 又 | 谁念西风独自凉 | 95 |
| 又 | 十八年来堕世间 | 96 |
| 又 | 莲漏三声烛半条 | 98 |
| 又 | 身向云山那畔行 | 100 |
| 又 | 大觉寺 燕垒空梁画壁寒 | 101 |
| 又 | 古北口 杨柳千条送马蹄 | 103 |
| 又 | 凤髻抛残秋草生 | 105 |
| 又 | 败叶填溪水已冰 | 107 |
| 又 | 庚申除夜 收取闲心冷处浓 | 109 |
| 又 | 万里阴山万里沙 | 111 |
| 又 | 肠断班骓去未还 | 112 |
| 又 | 容易浓香近画屏 | 114 |
| 又 | 抛却无端恨转长 | 115 |
| 又 | 小兀喇 桦屋鱼衣柳作城 | 116 |
| 又 | 姜女祠 海色残阳影断霓 | 118 |
| 又 | 旋拂轻容写洛神 | 120 |
| 又 | 十二红帘窣地深 | 122 |
| 又 | 红桥怀古和王阮亭韵 无恙年年汴水流 | 123 |
| 又 | 寄严荪友 藕荡桥边理钓筒 | 125 |
| 又 | 锦样年华水样流 | 127 |
| 又 | 肯把离情容易看 | 128 |
| 又 | 一半残阳下小楼 | 129 |
| 又 | 已惯天涯莫浪愁 | 130 |
| 又 | 郊游联句 出郭寻春春已阑 | 131 |

风流子　秋郊即事　平原草枯矣 …………… 132
画堂春　一生一代一双人 ………………………… 134
蝶恋花　辛苦最怜天上月 ………………………… 136
又　眼底风光留不住 ……………………………… 138
又　散花楼送客　城上清笳城下杵 …………… 140
又　准拟春来消寂寞 ……………………………… 141
又　又到绿杨曾折处 ……………………………… 142
又　萧瑟兰成看老去 ……………………………… 144
又　露下庭柯蝉响歇 ……………………………… 146
又　出塞　今古河山无定据 …………………… 148
又　尽日惊风吹木叶 ……………………………… 149
河传　春残，红怨，掩双环 …………………… 150
河渎神　凉月转雕阑 ……………………………… 151
又　风紧雁行高 …………………………………… 153
落花时　夕阳谁唤下楼梯 ……………………… 155

## 词　二

金缕曲　赠梁汾　德也狂生耳 ………………… 157
又　姜西溟言别赋此赠之　谁复留君住 …… 160
又　简梁汾　洒尽无端泪 ……………………… 162
又　寄梁汾　木落吴江矣 ……………………… 164
又　再赠梁汾用秋水轩旧韵　酒涴青衫卷 … 166
又　生怕芳樽满 …………………………………… 170
又　慰西溟　何事添悽咽 ……………………… 172

005

又　亡妇忌日有感　此恨何时已 …………… 175
又　疏影临书卷 ……………………………… 178
又　未得长无谓 ……………………………… 180
踏莎美人　清明　拾翠归迟 ………………… 182
红窗月　燕归花谢 …………………………… 184
南歌子　翠袖凝寒薄 ………………………… 186
又　暖护樱桃蕊 ……………………………… 187
又　古戍　古戍饥乌集 ……………………… 188
一络索　过尽遥山如画 ……………………… 190
又　野火拂云微绿 …………………………… 191
赤枣子　惊晓漏 ……………………………… 193
又　风淅淅 …………………………………… 194
眼儿媚　林下闺房世罕俦 …………………… 195
又　咏红姑娘　骚屑西风弄晚寒 …………… 197
又　中元夜有感　手写香台金字经 ………… 199
又　咏梅　莫把琼花比淡妆 ………………… 201
又　独倚春寒掩夕扉 ………………………… 203
又　重见星娥碧海槎 ………………………… 204
荷叶杯　帘卷落花如雪 ……………………… 206
又　知己一人谁是 …………………………… 207
梅梢雪　元夜月蚀　星球映彻 ……………… 209
木兰花令　拟古决绝词　人生若只如初见 … 211
长相思　山一程 ……………………………… 213
朝中措　蜀弦秦柱不关情 …………………… 214
寻芳草　萧寺记梦　客夜怎生过 …………… 216
遐方怨　欹角枕 ……………………………… 217

秋千索　渌水亭春望　垆边唤酒双鬟亚 …… 219
又　药阑携手销魂侣 …… 221
又　游丝断续东风弱 …… 223
又　锦帷初卷蝉云绕 …… 224
茶瓶儿　杨花糁径樱桃落 …… 225
好事近　帘外五更风 …… 227
又　何路向家园 …… 228
又　马首望青山 …… 229
太常引　自题小照　西风乍起峭寒生 …… 231
又　晚来风起撼花铃 …… 232
转应曲　明月 …… 233
山花子　林下荒苔道韫家 …… 235
又　昨夜浓香分外宜 …… 236
又　风絮飘残已化萍 …… 238
摊破浣溪沙　欲话心情梦已阑 …… 239
又　小立红桥柳半垂 …… 240
又　一霎灯前醉不醒 …… 241
菩萨蛮　窗前桃蕊娇如倦 …… 242
又　朔风吹散三更雪 …… 244
又　问君何事轻离别 …… 245
又　为陈其年题照　乌丝曲倩红儿谱 …… 247
又　宿滦河　玉绳斜转疑清晓 …… 249
又　荒鸡再咽天难晓 …… 251
又　新寒中酒敲窗雨 …… 253
又　白日惊飚冬已半 …… 254
又　萧萧几叶风兼雨 …… 256

| 又 | 回文 雾窗寒对遥天暮 | 257 |
| 又 | 催花未歇花奴鼓 | 258 |
| 又 | 惜春春去惊新燠 | 260 |
| 又 | 榛荆满眼山城路 | 261 |
| 又 | 春云吹散湘簾雨 | 262 |
| 又 | 晓寒瘦著西南月 | 263 |
| 又 | 为春憔悴留春住 | 265 |
| 又 | 隔花才歇廉纤雨 | 266 |
| 又 | 黄云紫塞三千里 | 267 |
| 又 | 飘蓬只逐惊飙转 | 268 |
| 又 | 晶帘一片伤心白 | 270 |
| 又 | 寄梁汾苕中 知君此际情萧索 | 271 |
| 又 | 回文 客中愁损催寒夕 | 273 |
| 又 | 回文 砑笺银粉残煤画 | 274 |
| 又 | 乌丝画作回纹纸 | 275 |
| 又 | 阑风伏雨催寒食 | 276 |
| 又 | 梦回酒醒三通鼓 | 278 |
| 菩萨蛮 | 过张见阳山居赋赠 车尘马迹纷如织 | 279 |
| 醉桃源 | 斜风细雨正霏霏 | 281 |
| 昭君怨 | 深禁好春谁惜 | 282 |
| 又 | 暮雨丝丝吹湿 | 283 |

# 词

## 一

# 梦江南①

江南好，建业旧长安②。紫盖忽临双鹢渡③，翠华争拥六龙看④。雄丽却高寒⑤。

【笺注】

①梦江南：词牌名，又名"忆江南"或"望江南"。清汪元治所编道光十二年（1832）结铁网斋刊刻的《纳兰词》作"忆江南"，下同。自这首以下共十首，写于康熙二十三年（1684）九月至十一月。此时词人以侍卫的身份扈从康熙帝第一次南巡。

②建业：今江苏南京，汉为秣陵县。东汉建安十七年（212），孙权于此修筑石头城，改称秣陵县为建业。长安：今陕西西安，为汉唐故都，后代诗人常以之代指都城。唐李白《金陵三首》之一："晋家南渡日，此地旧长安。"

③紫盖：紫色车盖。帝王仪仗之一，此处借指帝王车驾。另，紫盖有紫色云气之意，古人常附会为帝王出现的预兆。宋王埜《六州歌头》："黄旗紫盖，中兴运，钟王气，护金瓯。"鹢（yì）：水鸟名。形如鹭而大，羽色苍白，善高飞。古代在

船首以彩色画鹢鸟之形,后借指船。

④翠华:天子仪仗中以翠羽为饰的旗帜或车盖。《文选·司马相如〈上林赋〉》:"建翠华之旗,树灵鼍之鼓。"李善注:"翠华,以翠羽为葆(用鸟羽装饰的一种仪仗)也。"六龙:古代天子的车驾为六马,马八尺称龙,因以为之天子车驾的代称。

⑤却:使退却,止住。高寒:清冷的月亮。宋张孝祥《水调歌头》:"江山自雄丽,风露与高寒。"

## 又

江南好,城阙尚嵯峨①。故物陵前惟石马②,遗踪陌上有铜驼③。玉树夜深歌④。

【笺注】

①嵯(cuó)峨(é):山高峻貌。唐元稹《筑城曲》:"半疑兼半信,筑城犹嵯峨。"明吴斌《青州歌》:"嵯峨城阙帝子宫,天人遥镇沧海东。"

②陵:明孝陵,即明太祖朱元璋墓,在南京市紫金山(即钟山)南麓。陵丘上原有梅花鹿群,多达数千头。鹿颈上挂有银牌,凡捕杀者以死罪论处。明清之际,建筑物损毁残缺,鹿群被随意捕杀。到词人来时,原本规模宏大的孝陵破落不堪,仅剩石人石马了。

③铜驼:即铜驼街,在今河南省洛阳市故洛阳城中,以道旁曾有汉铸铜驼两枚相对而得名,为古代著名的繁华区域。《太平御览》卷一五八引晋陆机《洛阳记》:"洛阳有铜驼街,汉铸铜驼二枚,在宫南四会道相对。俗语曰:'金马门外集众贤,铜驼陌上集少年。'"又,据《晋书·索靖传》,有远见卓

识的索靖预知天下将会大乱，手指洛阳宫门口的铜驼，慨叹道："会见汝在荆棘中耳！"明末陈子龙《秋日杂感二首》之一："三市铜驼愁夜月，五陵石马恸秋风。"

④玉树：南朝陈后主所作歌曲《玉树后庭花》的省称。后庭花，花名，鸡冠花的一种。宋王灼《碧鸡漫志》卷五："吴蜀鸡冠花有一种小者，高不过五六寸，或红，或浅红，或白，或浅白，世目曰后庭花。"盛开时使树冠如玉一样美丽，故又称"玉树后庭花"。此句与杜牧《泊秦淮》诗"商女不知亡国恨，隔江犹唱后庭花"意相同。

# 又

江南好，怀古意谁传①？燕子矶头红蓼月②，乌衣巷口绿杨烟③。风景忆当年。

【笺注】

①怀古意：怀古，追念古昔。西晋李密《五言诗》："沾襟何所为，怅然怀古意。"

②燕子矶：地名。在江苏省南京市东北部观音山。突出的岩石屹立长江边，三面悬绝，宛如飞燕，故名。红蓼（liǎo）：蓼的一种。多生水边，花呈淡红色。宋晏殊《浣溪沙》："红蓼花香夹岸稠。"

③乌衣巷：地名。在今南京市秦淮河南。三国吴时在此置乌衣营，以士兵着乌衣而得名。东晋时王、谢等望族居此，因著闻。唐刘禹锡《乌衣巷》："朱雀桥边野草花，乌衣巷口夕阳斜。"元萨都刺《满江红·金陵怀古》："六代繁华春去也、更无消息。空怅望、山川形胜，已非畴昔。王谢堂前双燕子，乌衣巷口曾相识……但荒烟衰草，乱鸦斜日。"

# 又

江南好，虎阜晚秋天①。山水总归诗格秀②，笙箫恰称语音圆③。谁在木兰船④？

【笺注】

①虎阜：即虎丘，在江苏省苏州市西北，亦名海涌山。唐时因避讳曾改称武丘或兽丘，后复旧称，相传吴王阖闾葬此。汉袁康《越绝书·外传记吴地传》："阖庐冢在阊门外，名虎丘……筑三日而白虎居上，故号为虎丘。"

②诗格：诗的风格、格调。宋赵彦端《好事近》："此花佳处似佳人，高情带诗格。"

③笙箫：泛指管乐器。语音圆：苏州一地的方言素有吴侬软语之称，词人以"圆"称之，恰如其分。

④木兰船：用木兰树造的船。南朝梁任昉《述异记》卷下："木兰洲在浔阳江中，多木兰树。昔吴王阖闾植木兰于此，用构宫殿也。七里洲中，有鲁般刻木兰为舟，舟至今在洲中。诗家云木兰舟，出于此。"后常用为船的美称，并非实指木兰木所制。

# 又

江南好,真个到梁溪①。一幅云林高士画②,数行泉石故人题③,还似梦游非。

【笺注】

①梁溪:源出惠山,在清时流经无锡西门外。最初河道极隘窄,梁朝大同年间得以疏浚,故名梁溪。这里泛指无锡。无锡是作者挚友严绳孙和顾贞观的家乡,曾梦想着能来此地游历,现途经此地,实现了愿望,故曰"真个"。

②云林:倪瓒,元代画家,字符稹,号云林子,无锡人。擅绘山水,以幽远简淡为宗;人有超然出世之态,世称高士。此句中的"云林"一语双关,亦可与下句中的"泉石"相对。

③故人:词人的友人严绳孙。《清史列传》卷七十《严绳孙传》:"兼工书画,梁溪人争以倪云林目之。"

# 又

江南好,水是二泉清①。味永出山那得浊②,名高有锡更谁争③。何必让中泠④。

【笺注】

①二泉:指无锡惠泉,因其有"天下第二泉"之称,故名。

②味永出山那得浊:唐杜甫《佳人》:"在山泉水清,出山泉水浊。"泉水清洌甘美,即便出山了味道依然隽永不会改变。

③有锡:唐陆羽《游惠山寺记》:"东峰当周秦间大产铅锡,故名锡山。汉兴,锡方殚,故创无锡县。王莽时锡复出,改县名曰有锡……自光武至孝顺之世,锡果竭,顺帝更为无锡县,属吴郡。"

④中泠:泉名。在今江苏镇江市西北金山下。相传其水烹茶最佳,有"天下第一泉"之称。今江岸沙涨,泉已没沙中。宋苏轼《游金山寺》:"中泠南畔石盘陀,古来出没随涛波。"

## 又

江南好，佳丽数维扬①。自是琼花偏得月②，那应金粉不兼香③。谁与话清凉④！

【笺注】

①佳丽：这里指秀丽的景致。南齐谢朓《入朝曲》有"江南佳丽地"。维扬：扬州的别称。《书·禹贡》："淮海惟扬州。"惟，通"维"。后截取二字以为名。

②琼花：一种珍贵的花。叶柔而莹泽，花色微黄而有香。扬州后土祠曾有琼花一株，传为唐时种植，时人目为珍异。宋淳熙以后，多为聚八仙接木移植。宋周密《齐东野语·琼花》："扬州后土祠琼花，天下无二本，绝类聚八仙，色微黄而有香。仁宗庆历中，尝分植禁苑，明年辄枯，遂复载还祠中，敷荣（开花）如故。淳熙中，寿皇（宋孝宗于淳熙十六年传位与子光宗、光宗上孝宗尊号为"至尊寿皇圣帝"）亦尝移植南内，逾年，憔悴无华，仍送还之。其后，宦者陈源，命园丁取孙枝移接聚八仙根上，遂活，然其香色则大减矣。杭之褚家塘琼花园是也。今后土之花已薪，而人间所有者，特当时

接本，仿佛似之耳。"偏得月：古人谓扬州月色好，得月最多，明月夜独占三分中的二分，故云。

③那：这里作"哪"讲，表疑问。金粉：既指金黄色的花粉，这里又可指妇女妆饰用的金钿和铅粉。宋欧阳修《蝶恋花》："一掬天和金粉腻。莲子心中，自有深深意。"

④清凉：宋刘过《临江仙》："谁识清凉意思，珊瑚枕冷先知。"

# 又

江南好,铁瓮古南徐①。立马江山千里目②,射蛟风雨百灵趋③。北顾更踌躇④。

【笺注】

①铁瓮:指铁瓮城,京口(今江苏镇江)北固山前的一座古城,为三国时孙权所筑。唐杜牧《润州》诗之二:"城高铁瓮横强弩,柳暗朱楼多梦云。"冯集梧注:"原注:'润州城,孙权筑,号为铁瓮。'《演繁露》:'润州城古号铁瓮,人但知其取喻以坚而已,然瓮形深狭,取以喻城,似为非类。乾道辛卯,予过润,蔡子平置燕于江亭,亭据郡治前山绝顶,而顾子城雉堞(城上短墙)缘冈,弯环(弯曲如环)四合,其中州郡诸廨在焉,圆深之形,正如卓瓮,予始知喻以为瓮者,指子城也。'"南徐:镇江旧称。东晋侨置徐州于京口城,南朝宋时改称南徐。

②立马:驻马。金完颜亮有诗句:"提兵百万西湖上,立马吴山第一峰。"江:长江。山:金山。千里目:唐王之涣《登鹳雀楼》:"欲穷千里目,更上一层楼。"唐柳宗元《登柳

州城楼寄漳汀封连四州刺史》》："岭树重遮千里目，江流曲似九回肠。"

③射蛟：指汉武帝射获江蛟事。《汉书·武帝纪》："（元封）五年冬，行南巡狩……自寻阳浮江，亲射蛟江中，获之。"唐李白《永王东巡歌》之九："祖龙浮海不成桥，汉武寻阳空射蛟。"后诗文中作为颂扬帝王勇武的典故。百灵：各种神灵。《文选·班固〈东都赋〉》："礼神祇，怀百灵。"李善注："《毛诗》曰：'怀柔百神。'"

④北顾：即北固山，在今江苏省镇江市东北。有南、中、北三峰，北峰三面临江，形势险要，故称"北固"。南朝梁武帝曾登此山，谓可为京口壮观，改曰"北顾"。踌躇：从容自得，流连不已。南朝宋刘义庆《世说新语·言语》："荀中郎（荀羡）在京口，登北固望海，云：'虽未睹三山，便自使人有凌云意。若秦、汉之君，必当褰裳濡足。'"

# 又

江南好，一片妙高云①。砚北峰峦米外史②，屏间楼阁李将军③。金碧矗斜曛④。

【笺注】

①妙高：妙高山，在今江苏镇江市金山最高处。上有妙高台，宋僧人了元建，山顶常有浮云缭绕。

②砚北：砚山园以北。据宋贾似道《悦生随抄》："江南李氏后主尝买一砚山，径长才逾尺，前耸三十六峰，皆大犹手指，左右则引两阜坡陀，而中凿为砚。及江南国破，砚山因流转数十人，为米老元章得。"米老元章即米芾。米芾以此砚山换得镇江甘露寺下一块宅地。其后宅地归岳飞之孙岳珂所有。岳珂修筑园林，名之曰：砚山园。又，砚北，又可谓几案面南，人坐砚北，指从事著述。宋张邦基《墨庄漫录》卷十："唐段成式书云：'杯宴之余，常居砚北。'"米外史：米芾，北宋书画家，字元章，号海岳外史、襄阳漫士。米芾山水画远宗王洽，近师董源，别出新意，擅水墨山水，自成一家，世称"米氏云山"。

③李将军：李思训，唐代画家，字建睍，唐宗室。唐玄宗开元初，官右武卫大将军，人称"大李将军"。

④金碧：李思训善绘山水树石，画风精丽严整，以金碧青绿作山水，笔力遒劲，多表现幽居之所，后世称之为金碧山水。斜曛：落日的余辉。

## 又

江南好,何处异京华①。香散翠帘多在水②,绿残红叶胜于花。无事避风沙③。

【笺注】

①京华:京城之美称。因京城是文物、人才汇集之地,故称。

②香散翠帘:元李致远《双调·水仙子》:"荼蘼香散一帘风,杜宇声干满树红。"明王佴《暇日过天宁东院》:"凉分半榻竹风细,香散一帘花雨迷。"

③无事:没有缘故去做某事。江南无风沙之虞,不像京城那样饱受其苦。

# 又

昏鸦尽,小立恨因谁。急雪乍翻香阁絮①,轻风吹到胆瓶梅②。心字已成灰③。

【笺注】

①香阁絮:寓写雪。晋王凝之妻谢道韫有咏雪名句:"未若柳絮因风起。"宋晏几道《六幺令》:"绿阴春尽,飞絮绕香阁。"

②胆瓶:长颈大腹的花瓶,因形如悬胆而名。

③心字:心字香。明杨慎《词品·心字香》:"范石湖(成大)《骖鸾录》云:'番禺人作心字香,用素馨茉莉半开者著净器中,以沉香薄劈层层相间,密封之,日一易,不待花蔫,花过香成。'所谓心字香者,以香末萦篆成心字也。"成灰:这里指香燃烧而为残留之灰烬。南朝梁吴钧《行路难》:"玉阶行路生细草,金炉香炭变成灰。"

## 又

新来好①,唱得虎头词②。一片冷香惟有梦,十分清瘦更无诗③。标格早梅知④。

【笺注】

①新来:近来。

②虎头:顾恺之,东晋画家,字长康,小字虎头。词人好友顾贞观,与顾恺之同为无锡人,且同姓,此处以虎头借指顾贞观。

③一片冷香、十分清瘦两句:引自顾贞观《浣溪沙·梅》。冷香:指清香的梅花。

④标格:风范,风度。

# 又

江南忆,鸾辂此经过①。一掬胭脂沉碧甃②,四围亭壁悼红罗③。消息暑风多④。

【笺注】

①鸾辂:天子王侯所乘之车。《吕氏春秋·孟春纪》:"天子居青阳左个。乘鸾辂,驾苍龙。"高诱注:"辂,车也。鸾鸟在衡,和在轼,鸣相应和。后世不能复致,铸铜为之,饰以金,谓之鸾辂也。"

②掬(jū):两手相合捧物。《左传·宣公十二年》:"桓子不知所为,鼓于军中曰:'先济者有赏。'中军、下军争舟,舟中之指可掬也。"杨伯峻注:"先乘舟者恐多乘,或恐敌人追至……故先乘者以刀断攀者之指。舟中之指可掬,言其多也。"胭脂:胭脂井。《南畿志》:"景阳井在台城内,陈后主与张丽华、孔贵嫔投其中,以避隋兵。旧传阑有石脉,以帛拭之,作胭脂痕,名胭脂井。一名辱井。"碧甃(zhòu):青绿色的井壁,这里借指井。

③亭壁:亭燧和军营。亭燧,即烽火亭,用作侦伺和举火

报警。幛：遮蔽。红罗：南唐后主李煜在宫中筑红罗亭，四面栽种红梅，做艳曲歌之。宋周必大《次韵史院洪景卢检详馆中红梅》："红罗亭深宫漏迟，宫花四面谁得知。"

④消息：与时消息，变化。暑风：热风。

\* 此词补遗自《纳兰词》，许增编，清光绪六年娱园刻本。

# 又

春去也，人在画楼东①。芳草绿黏天一角，落花红沁水三弓②。好景共谁同？

【笺注】

①画楼：雕饰华丽的楼房。宋柳永《木兰花》："王孙若拟赠千金，只在画楼东畔住。"宋苏轼《满庭芳》："画楼东畔，天远夕阳多。"

②落花红沁：水因残花落红而变成红色。宋范成大《余杭道中》："落花流水浅深红，尽日帆飞绣浪中。"弓：量词。原为与弓同距离的长度单位，与步相应。后亦用作丈量地亩的计算单位。其制历代不一，或以八尺为一弓；或以六尺为一弓；旧时营造尺以五尺为一弓，三百六十弓为一里，二百四十方弓为一亩。

*此词补遗自《纳兰词》，许增编，清光绪六年娱园刻本。

# 江城子　咏史

湿云全压数峰低①，影凄迷，望中疑。非雾非烟②，神女欲来时。若问生涯原是梦③，除梦里，没人知。

【笺注】

①湿云：湿度大的云，诗词中多指雨前厚重的乌云。唐崔橹《华清宫》："红叶下山寒寂寂，湿云如梦雨如尘。"数峰：这里特指巫山。

②非雾非烟：祥瑞的云。这里指朝云，巫山神女名。战国时楚怀王游高唐，昼梦幸巫山之女。后好事者为立庙，号曰"朝云"。战国楚宋玉《〈高唐赋〉序》：楚襄王与宋玉游云梦之台，望高唐之观。其上有云气变化无穷。玉谓此气为朝云，对王说，过去先王曾游高唐，怠而昼寝，梦见一妇人，自称是巫山之女，愿侍王枕席，王因幸之。巫山之女临去时说："妾在巫山之阳，高丘之阻，旦为朝云，暮为行雨，朝朝暮暮，阳台之下。"

③生涯：《庄子·养生主》："吾生也有涯，而知也无涯。"原谓生命有边际、限度，后指生命、人生。语出唐李商隐《无题》："神女生涯原是梦，小姑居处本无郎。"

## 如梦令

正是辘轳金井①,满砌落花红冷②。蓦地一相逢,心事眼波难定。谁省?谁省?从此簟纹灯影③。

【笺注】

①辘轳:利用轮轴原理制成的井上汲水的起重装置。金井:井栏上有雕饰的井。一般用以指宫庭园林里的井。金,谓其坚固。辘轳金井,为诗词中固有的意象,如唐张籍《楚妃怨》:"梧桐叶下黄金井,横架辘轳牵素绠。"五代南唐李煜《采桑子》:"辘轳金井梧桐晚,几树秋凉。"

②砌:台阶。五代南唐冯延巳《清平乐》:"砌下落花风起,罗衣特地春寒。"

③簟(diàn)纹:席纹。宋苏轼《南堂》诗之五有:"扫地焚香闭阁眠,簟纹如水帐如烟。"灯影:灯光照在物体上投射出的影子。宋张先《醉桃源》:"隔帘灯影闭门时,此情风月知。"

# 又

黄叶青苔归路①,屧粉衣香何处②。消息竟沉沉③,今夜相思几许。秋雨,秋雨。一半因风吹去④。

【笺注】

①黄叶青苔:唐李白《长相思》之三:"相思黄叶落,白露点青苔。"

②屧(xiè):本指鞋中的衬垫,后即用指木屐。

③沉沉:形容音信杳无。元高克礼《青楼咏妓·风入松》:"耳边消息谩沉沉,情泪湿衣襟。"

④秋雨句:引用清朱彝尊《转应曲·安丘客舍对雨》:"秋雨,秋雨,一半回风吹去。"

## 又

纤月黄昏庭院①,语密翻教醉浅。知否那人心,旧恨新欢相半②。谁见?谁见?珊枕泪痕红泫③。

【笺注】

①纤月:纤纤月。尖细的弯月。南朝宋鲍照《翫月城西门廨中》:"始见西南楼,纤纤如玉钩。"宋辛弃疾《念奴娇·书东流村壁》:"闻道绮陌东头,行人长见,帘底纤纤月。"

②旧恨新欢:宋欧阳修《渔家傲·七夕》:"一别经年今始见,新欢往恨知何限。"

③珊枕:珊瑚枕,用珊瑚做的或装饰的枕头。泪痕红泫:用"红泪"之典。晋王嘉《拾遗记·魏》:"文帝所爱美人,姓薛名灵芸,常山人也……灵芸闻别父母,歔欷累日,泪下沾衣。至升车就路之时,以玉唾壶承泪,壶则红色。既发常山,及至京师,壶中泪凝如血。"后因以"红泪"称美人泪。明王彦泓《金缕曲》:"珊枕梦,乍惊醒。"

## 又

万帐穹庐人醉①,星影摇摇欲坠②。归梦隔狼河,又被河声搅碎。还睡,还睡。解道醒来无味。

【笺注】

①穹庐:古代游牧民族居住的毡帐。《汉书·匈奴传下》:"匈奴父子同穹庐卧。"颜师古注:"穹庐,旃帐也。其形穹隆,故曰穹庐。"

②星影:倒映在水面上星辰。唐杜甫《阁夜》:"五更鼓角声悲壮,三峡星河影动摇。"宋张孝祥《水调歌头·金山观月》:"倒影星辰摇动,海气夜漫漫。"

\*此词补遗自《纳兰词》,许增编,清光绪六年娱园刻本。

# 采桑子

彤霞久绝飞琼字①,人在谁边②?人在谁边?今夜玉清眠不眠③?

香消被冷残灯灭,静数秋天,静数秋天,又误心期到下弦④。

【笺注】

①彤霞:代指仙境。宋赵鼎《燕归梁》:"绰约彤霞降紫霄,是仙子风标。"飞琼:仙女名,后泛指仙女。《汉武帝内传》:"王母乃命诸侍女……许飞琼鼓震灵之簧。"宋柳永《玉女摇仙佩》:"佳人飞琼伴侣,偶别珠宫,未返神仙行缀。"

②谁边:何处,哪里。

③玉清:有两说,一是道家三清境之一,为元始天尊所居。二是神仙名。陈士元《名疑》卷四引唐李冗《独异志》:"梁玉清,织女星侍儿也。秦始皇时,太白星窃玉清逃入卫城小仙洞,十六日不出,天帝怒谪玉清于北斗下。"

④心期:心愿,心意。下弦:农历每月二十二日或二十三日,太阳跟地球的连线和地球跟月亮的连线成直角时,在地球上看到月亮呈反"D"字形,这种月相称下弦。宋晏几道《采桑子》:"夜痕记尽窗间月,曾误心期。"

# 又

谁翻乐府凄凉曲①？风也萧萧，雨也萧萧，瘦尽灯花又一宵②。

不知何事萦怀抱，醒也无聊，醉也无聊，梦也何曾到谢桥③。

【笺注】

①翻：演奏，演唱。唐司空图《杨柳枝·寿怀词》之一："乐府翻来占太平，风光无处不含情。"

②瘦尽灯花又一宵：灯花，灯心余烬结成的花状物。清曹溶《采桑子》："忆弄诗瓢，落尽灯花又一宵。"

③谢桥：谢娘桥，相传六朝时即有此桥名。谢娘，未详何人，或谓名谢秋娘者，泛指为内心爱恋的女性。宋晏几道《鹧鸪天》："梦魂惯得无拘检，又踏杨花过谢桥。"

# 又

严霜拥絮频惊起,扑面霜空。斜汉朦胧①,冷逼毡帷火不红②。

香篝翠被浑闲事③,回首西风。何处疏钟④,一穟灯花似梦中⑤。

【笺注】

①斜汉:指秋天向西南方向偏斜的银河。《文选·谢庄〈月赋〉》:"斜汉左界,北陆南躔。"李善注:"汉,天汉也。"李周翰注:"秋时又汉西南斜,远于左界。"

②毡帷:毡帐。宋杨万里《霰》:"寒声带雨山难白,冷气侵入火失红。"

③香篝:熏笼。宋周邦彦《花犯·梅花》:"更可惜,雪中高树,香篝薰素被。"

④疏钟:稀疏的钟声。五代南唐冯延巳《采桑子》:"日暮疏钟,双燕归栖画阁中。"

⑤穟:古同"穗"。明王彦泓《洞仙歌》:"打窗风急,闪一灯红穟。"明施绍莘《前调·雨夜醉中作》:"偏是雨帘风被,罨盏灯花一穟。"

# 又

那能寂寞芳菲节[1],欲话生平。夜已三更,一阕悲歌泪暗零。

须知秋叶春花促,点鬓星星[2]。遇酒须倾,莫问千秋万岁名[3]。

【笺注】

①芳菲节:花草盛美的时节。五代蜀毛熙震《后庭花》:"莺啼燕语芳菲节。"

②点鬓:点染两鬓。宋刘克庄《鹊桥仙·戊戌生朝》:"玄花生眼,新霜点鬓。"也指花白的鬓发。星星:头发花白貌。唐韦庄《寓言》:"惆怅沧江上,星星鬓有丝。"

③千秋万岁名:唐杜甫《梦李白二首》之二:"千秋万岁名,寂寞身后事。"

## 又

冷香萦遍红桥梦①,梦觉城笳。月上桃花,雨歇春寒燕子家。

箜篌别后谁能鼓②,肠断天涯。暗损韶华,一缕茶烟透碧纱③。

【笺注】

①红桥:红色之桥。唐白居易《新春江次》:"鸭头新绿水,雁齿小红桥。"

②箜篌:古代拨弦乐器名,有竖式和卧式两种。乐府诗《焦仲卿妻》:"十五弹箜篌,十六诵诗书。"古有"箜篌引""箜篌谣",或言夫亡,妻亦随之;或言结交当有始终。这里的箜篌有象征思念之意。鼓:敲击或弹奏乐器。《诗·小雅·鼓钟》:"鼓钟钦钦,鼓瑟鼓琴。"孔颖达疏:"以鼓瑟鼓琴类之,故鼓钟为击锺也。"

③透碧纱:穿过纱窗。五代南唐张泌《柳枝》:"腻粉琼妆透碧纱。"

## 又 九日

深秋绝塞谁相忆,木叶萧萧。乡路迢迢,六曲屏山和梦遥①。

佳时倍惜风光别,不为登高②。只觉魂销③,南雁归时更寂寥。

【笺注】

①六曲屏山:六扇屏风。宋赵孟坚《花心动》:"斗帐半褰,六曲屏山,憔悴似不胜衣。"这里代指作者念及的闺阁佳人。

②登高:农历九月初九有登高的风俗。南朝梁吴均《续齐谐记·九日登高》:"汝南桓景随费长房游学累年。长房谓曰:'九月九日汝家中当有灾,宜急去,令家人各作绛囊盛茱萸以系臂,登高饮菊花酒,此祸可除。'景如言,齐家登山。夕还,见鸡犬牛羊一时暴死。长房闻之曰:'此可代也。'今世人九日登高饮酒,妇人带茱萸囊,盖始于此。"

③魂销:谓灵魂离体而消失,这里形容极度悲伤。

## 又 咏春雨

嫩烟分染鹅儿柳①,一样风丝。似鳌如欹②,才著春寒瘦不支。

凉侵晓梦轻蝉腻③,约略红肥④。不惜葳蕤⑤,碾取名香作地衣⑥。

【笺注】

①嫩烟:比喻初春时节的蒙蒙云烟雨雾。宋林逋《湖上初春偶作》:"文禽相并映短草,翠潋欲生浮嫩烟。"鹅儿:鹅黄色。宋刘弇《清平乐》:"东风依旧,著意隋堤柳。搓得鹅儿黄欲就,天气清明时候。"

②欹(qī):倾斜。

③凉侵晓梦:宋叶梦得《临江仙·送章长卿还姑苏兼寄程致道》:"碧瓦新霜侵晓梦,黄花已过清秋。"轻蝉:古代妇女的一种发式,两鬓薄如蝉翼,故称。这里借指妇女。晋崔豹《古今注·杂注》:"魏文帝宫人绝所宠者,有莫琼树、薛夜来、田尚衣、段巧笑,日夕在侧,琼树乃制蝉鬓。缥眇如蝉翼,故曰蝉鬓。"

④红肥:花盛开。宋蒋捷《高阳台·江阴道中有怀》:

"待归时,叶底红肥,细雨如尘。"

⑤葳(wēi)蕤(ruí):草木茂盛枝叶下垂貌。

⑥碾:压碎。宋陆游《卜算子·咏梅》:"零落成泥碾作尘,只有香如故。"名香:名贵之香,这里代指落红。地衣:地毯。宋秦观《阮郎归》:"落红成地衣。"宋辛弃疾《粉蝶儿》:"甚无情,便下得,雨僝风僽。向园林、铺作地衣红绉。"

## 又 塞上咏雪花

非关癖爱轻模样①,冷处偏佳。别有根芽,不是人间富贵花②。

谢娘别后谁能惜③,飘泊天涯。寒月悲笳④,万里西风瀚海沙⑤。

【笺注】

①轻模样:雪花轻盈飞舞的姿态。宋孙道绚《清平乐·雪》:"悠悠飏飏,做尽轻模样。半夜萧萧窗外响,多在梅梢柳上。"

②富贵花:指牡丹。宋周敦颐《爱莲说》:"菊,花之隐逸者也;牡丹,花之富贵者也。"

③谢娘:晋王凝之妻谢道韫有文才,有咏雪诗句"未若柳絮因风起",后人因称才女为"谢娘"。

④悲笳:笳,古时军中的号角,声悲壮。悲笳谓笳声悲凉。唐杜甫《后出塞》:"悲笳数声动,壮士惨不骄。"

⑤瀚海:指茫茫沙漠戈壁。北朝后周庾信《周骠骑大将军开府侯莫陈道生墓志铭》:"凝阴远寂,广漠平寒。沙穷瀚海,地尽皋兰。"

## 又

　　桃花羞作无情死，感激东风。吹落娇红，飞入闲窗伴懊侬①。

　　谁怜辛苦东阳瘦②，也为春慵③。不及芙蓉④，一片幽情冷处浓⑤。

【笺注】

①懊（ào）侬（nóng）：烦闷。这里指烦闷之人。

②东阳瘦：指南朝梁沈约，因其曾为东阳守，故称。《梁书·沈约传》："（沈约）永明末，出守东阳……百日数旬，革带常应移孔；以手握臂，率计月小半分。"原谓沈约因操劳日渐消瘦，后以"东阳消瘦"为形容体瘦的典故。宋苏轼《临江仙·赠王友道》："谁道东阳都瘦损，凝然点漆精神。"

③春慵：春天时节的懒散情绪。

④芙蓉：背面铸有芙蓉花饰的铜镜，用"芙蓉镜"之典。唐段成式《酉阳杂俎续集·支诺皋中》："相国李公固言，元和六年下第游蜀，遇一老姥，言：'郎君明年芙蓉镜下及第，后二纪拜相，当镇蜀土，某此时不复见郎君出将之荣也。'明年，果然状头及第，诗赋题有《人镜芙蓉》之目。后二十年，

李公登庸。"

　　⑤一片幽情冷处浓：明王彦泓《寒词》："个人真与梅花似，一日幽香冷处浓。"

# 又

海天谁放冰轮满①,惆怅离情。莫说离情,但值凉宵总泪零。

只应碧落重相见②,那是今生。可奈今生③,刚作愁时又忆卿。

【笺注】

①冰轮:指明月。明龚用卿《太常引·九月望日登东城楼》:"冰轮正满,海天廖廓,皎洁望中盈。"

②碧落:青天。宋朱敦儒《临江仙》:"玉轮飞碧落,银幕换层城。"

③那是:岂是、哪是。

# 又

明月多情应笑我①,笑我如今②。辜负春心③,独自闲行独自吟。

近来怕说当时事,结遍兰襟④。月浅灯深,梦里云归何处寻⑤。

【笺注】

①明月多情应笑我:宋苏轼《念奴娇·赤壁怀古》:"故国神游,多情应笑我,早生华发。"

②笑我如今:宋晏几道《采桑子》:"莺花见尽当时事,应笑如今。一寸愁心。"

③春心:春景所引发的意兴或情怀,这里犹指男女间的情愫。《楚辞·招魂》:"目极千里兮伤春心,魂兮归来哀江南。"王逸注:"言湖泽博平,春时草短,望见千里,令人愁思而伤心也。"唐李商隐《无题》诗:"春心莫与花争发,一寸相思一寸灰。"

④兰襟:芬芳的衣襟,喻红颜知己。宋晏几道《采桑子》:"别来常记西楼事,结遍兰襟。遗恨重寻。弦断相如绿绮琴。"

⑤月浅灯深,梦里归何处寻:宋晏几道《清平乐》:"梦云归处难寻,微凉安如香襟。犹恨那回庭院,依前月浅灯深。"

# 又

拨灯书尽红笺也[①]，依旧无聊。玉漏迢迢[②]，梦里寒花隔玉箫[③]。

几竿修竹三更雨，叶叶萧萧。分付秋潮[④]，莫误双鱼到谢桥[⑤]。

【笺注】

①红笺：红色笺纸，多用以题写诗词或作名片等。原指薛涛笺。唐女诗人薛涛晚年寓居成都浣花溪，自制深红小彩笺写诗，时人称"薛涛笺"。唐李匡乂《资暇集》卷下："松花笺其来旧矣。元和初，薛陶尚斯色，而好制小诗，惜其幅大，不欲长，乃命匠人狭小之。蜀中才子既以为便，后减诸笺亦如是，特名曰'薛涛笺'。今蜀纸有小样者皆是也，非独松花一色。"宋晏殊《清平乐》："红笺小字，说尽平生意。"宋晏几道《浣溪沙》："绿酒细倾销别恨，红笺小写问归期。"

②玉漏：古时计时漏壶的美称。宋秦观《南歌子》三首之一："玉漏迢迢尽，银潢淡淡横。"

③寒花：寒冷时节开放的花，多指菊花、梅花等，这里代指心爱之女子。宋晏几道《留春令》："懊恼寒苑暂时香，与

情浅、人相似。"唐司空曙《送王尊师归湖州》:"金阙乍看迎日丽,玉箫遥听隔花微。"

④秋潮:明王彦泓《错认》:"夜视可怜明似月,秋期只愿信如潮。"

⑤双鱼:古时把书信夹在一底一盖的鱼形木板内,常代指书信。唐代唐彦谦《寄台省知己》:"久怀声籍甚,千里致双鱼。"

# 又

凉生露气湘弦润①,暗滴花梢。帘影谁摇,燕蹴风丝上柳条②。

舞鹖镜匣开频掩③,檀粉慵调④。朝泪如潮⑤,昨夜香衾觉梦遥。

【笺注】

①湘弦:即湘瑟。湘妃所弹之瑟,代指瑟这一弦乐器。唐孟郊《湘弦怨》:"湘弦少知意,孤响空踟蹰。"

②蹴:踩,踏。宋秦观《满庭芳》:"古台芳榭,飞燕蹴红英。"此句用宋欧阳修《浣溪沙》:"柳丝摇曳燕飞忙"之意境。

③舞鹖:形似鹤,黄白色。《异苑》:"犷山鸡爱其羽毛,映水则舞,魏武时南方献之。公子苍舒令置大镜前,鸡鉴形而舞,不知止,遂乏死。"镜匣:盛梳妆用品的匣子。其中装有可以支起来的镜子。

④檀粉:化妆用的香粉。宋贺铸《诉衷情》之二:"半销檀粉睡痕新,背镜照樱唇。"

⑤如潮:极言眼泪之多。清董元恺《少年游·江楼秋怀和柳屯田韵》:"眼泪如潮,枕痕似水,终夜尽情流。"

# 又

土花曾染湘娥黛①，铅泪难消②。清韵谁敲③，不是犀椎是凤翘④。

只应长伴端溪紫⑤，割取秋潮⑥。鹦鹉偷教，方响前头见玉箫⑦。

【笺注】

①土花：器物表面长期受泥土剥蚀而留下的痕迹。唐李商隐《李夫人歌》之三："土花漠漠云茫茫，黄河欲尽天苍黄。"宋史达祖《玉蝴蝶》："土花庭甃，虫网阑干。"湘娥：舜妃娥皇和女英，此处泛指女子。黛：眉黛。明末清初陶澂《浮湘》："湘娥染黛几千岁，朝暮只临明镜中。"

②铅泪：晶莹凝聚的眼泪。唐李贺《金铜仙人辞汉歌》："空将汉月出宫门，忆君清泪如铅水。"

③清韵：清雅和谐的声音或韵味。

④犀椎：犀槌。古代打击乐器方响中的犀角制小槌。唐苏鹗《杜阳杂编》卷中："（阿翘）俄遂进白玉方响，云本吴元济所与也，光明皎洁，可照十数步。言其犀槌，即响犀也，凡物有声，乃响应其中焉。"凤翘：妇女凤形首饰。宋周邦彦

《南乡子·拨燕巢》:"不道有人潜看着。从教,掉下鬟心与凤翅。"

⑤端溪:溪名,在广东省高要县东南,产砚石。制成者称端溪砚或端砚,为砚中上品,后即以"端溪"称砚台。端溪紫,为端砚中的佳品。宋文同《谢杨侍读惠端溪紫石砚》:"语次座上物,砚有紫石英。云在岭使得,渠常美其评。"

⑥割取秋潮:割取,分割获取。秋潮,此处犹秋波、秋水。唐李商隐《房中曲》:"枕是龙宫石,割得秋波色。"

⑦方响:古磬类打击乐器。创始于南朝梁,为隋唐燕乐中常用乐器。由十六枚大小相同、厚薄不一的长方铁片组成,分两排悬于架上。用小铁槌击奏,声音清浊不等。《渊监类函》卷四百二十一"鸟部"引《青林诗话》:"蔡确贬新州,侍儿名琵琶者随之。有鹦鹉甚慧,公每叩响板,鹦鹉传呼琵琶。后卒,误触响板,鹦鹉犹呼不已。公怏怏不乐,有诗云:'鹦鹉言犹在,琵琶事已非。伤心瘴江水,同渡不同归。'"玉箫:人名。唐范摅《云溪友议》卷三载,传说唐韦皋未仕时,寓江夏姜使君门馆,与侍婢玉箫有情,约为夫妇。韦归省,愆期不至,箫绝食而卒。后玉箫转世,终为韦侍妾。这里代指已亡故的女子。

# 又

　　白衣裳凭朱阑立①,凉月趑西②。点鬓霜微③,岁晏知君归不归④?

　　残更目断传书雁⑤,尺素还稀⑥。一味相思,准拟相看似旧时⑦。

【笺注】

①白衣裳凭朱阑立:明王彦泓《寒词》:"况复此宵兼雪月,白衣裳凭赤阑干。"

②趑(suō):走,移动。

③点鬓霜微:宋晁补之《蓦山溪·和王定国朝散忆广陵》:"吴霜点鬓,流落共天涯。"

④岁晏:一年将尽之时。唐温庭筠《题中南佛塔寺诗》:"桂树芳阴在,还期负晏归。"

⑤残更:旧时将一夜分为五更,第五更时称残更。唐顾况《南归》:"急雨江帆重,残更驿树深。"目断:犹望断,一直望到看不见。

⑥尺素:本指小幅的绢帛,古时多用来写信,后多代指书信。

⑦相看似旧时:宋晏几道《采桑子》:"秋来更觉销魂苦,小字还稀。坐想行思,怎得相看似旧时。"

## 又

谢家庭院残更立①,燕宿雕梁②。月度银墙,不辨花丛那辨香③。

此情已自成追忆④,零落鸳鸯。雨歇微凉,十一年前梦一场。

【笺注】

①谢家:指闺房。唐温庭筠《更漏子》:"香雾薄,透重幕,惆怅谢家池阁。"华钟彦注:"唐李太尉德裕有妾谢秋娘,太尉以华屋贮之,眷之甚隆,词人因用其事,而称谢家。盖泛指金闺之意,不必泥于秋娘也。"宋晏殊《少年游》:"谢家庭槛晓无尘。"

②燕宿雕梁:宋晏几道《少年游》:"雕梁燕去,裁诗寄远,庭院旧风流。"

③不辨花丛那辨香:唐元稹《杂忆》:"寒轻夜浅绕回廊,不辨花丛暗辨香。"明王彦泓《和孝仪看灯》:"欲换明妆自忖量,莫教难认暗衣裳。忽然省得钟情句,不辨花丛却辨香。"

④此情已自成追忆:唐李商隐《锦瑟》:"此情可待成追忆,只是当时已惘然。"

# 又

而今才道当时错①,心绪凄迷。红泪偷垂②,满眼春风百事非③。

情知此后来无计,强说欢期④。一别如斯,落尽梨花月又西⑤。

【笺注】

①而今才道当时错:宋刘克庄《忆秦娥》:"古来成败难描模,而今却悔当时错。"

②红泪:美人之泪。宋晏几道《醉落魄》:"两行红泪尊前落。"

③满眼春风:唐李贺《三月》:"东方风来满眼春。"又宋辛弃疾《破阵子·赠行》:"少日满眼春风,而今秋夜辞柯。"

④欢期:欢聚的时日。宋晏几道《凤孤飞》:"依前是、粉墙别馆,端的欢期应未晚。"

⑤落尽梨花:唐李贺《十二月乐辞·三月》:"曲水飘香去不归,梨花落尽成秋苑。"又宋朱淑真《生查子》:"不忍卷帘看,寂寞梨花落。"月又西:宋辛弃疾《江神子·和李能伯韵呈赵晋臣》:"长夜笙歌还起问,谁放月,又西沉。"

## 又　居庸关

巂周声里严关峙[①]，匹马登登[②]。乱踏黄尘。听报邮签第几程[③]。

行人莫话前朝事，风雨诸陵。寂寞鱼灯[④]。天寿山头冷月横[⑤]。

【笺注】

①巂（xī）周：巂，亦作"嶲"。本为燕的别名，亦用以称子规鸟，即杜鹃鸟。《尔雅·释鸟》"巂周"郭璞注："子巂鸟出蜀中。"

②登登：象声词，指马蹄声。金董解元《西厢记诸宫调》卷六："骑着瘦马儿圪登登的又上长安道。"

③邮签：驿馆驿船等夜间报时的更筹。宋方岳《次韵酬其又》："心事一鸥轻，邮签夜卜程。"

④鱼灯：即鱼烛，人鱼膏做的烛。《史记·秦始皇本纪》："葬始皇郦山……以人鱼膏为烛，度不灭者久之。"南朝梁元帝萧绎《咏池中烛影诗》："鱼灯且灭烬，鹤焰暂停辉。"

⑤天寿：山名，在今北京昌平北，明代十三个皇帝的陵墓建于此。

*此词补遗自《纳兰词》，许增编，清光绪六年娱园刻本。

## 台城路　洗妆台怀古[①]

六宫佳丽谁曾见，层台尚临芳渚[②]。露脚斜飞[③]，虹腰欲断[④]，荷叶未收残雨。添妆何处。试问取雕笼[⑤]，雪衣分付[⑥]。一镜空蒙[⑦]，鸳鸯拂破白苹[⑧]去。

相传内家结束[⑨]，有帕装孤稳[⑩]，靴缝女古[⑪]。冷艳全消，苍苔玉匣[⑫]，翻出十眉遗谱[⑬]。人间朝暮。看胭粉亭西[⑭]，几堆尘土。只有花铃[⑮]，绾风深夜语。

【笺注】

①洗妆台：指金章宗为李宸妃所建之梳妆楼，在今北京北海琼华岛上。清高士奇《金鳌退食笔记》称为"广寒之殿"，今已不存。明王圻《稗史汇编·地理门·郡邑》："琼花岛梳妆台皆金故物也。……妆台则章宗所营，以备李妃行园而添妆者。"自注云："都人讹为萧太后梳妆楼。"作者以及同时代的文人雅士都误以为是辽萧太后梳妆楼。萧太后，即辽道宗懿德皇后萧观音，能诗善文，曾撰文劝谏辽道宗不可再沉湎田猎，

写诗让丈夫回心转意。

②层台：重台，高台。《楚辞·招魂》："层台累榭，临高山些。"王逸注："层、累，皆重也。"隋刘臻《河边古树诗》："奇树临芳渚，半死若龙门。"

③露脚：露滴。唐李贺《李凭箜篌引》："露脚斜飞湿寒兔。"又宋姜夔《自制曲·秋宵吟》："露脚斜飞云表。"

④虹腰：虹的中部。清毛先舒《前调·自快》："翠螺浮来，虹腰忽断，零落风情晚未收。"

⑤雕笼：指雕刻精致的鸟笼。三国魏祢衡《鹦鹉赋》："闭以雕笼，剪其翅羽。"又宋黄庭坚《两同心》："樽前见，玉槛雕笼，堪爱难亲。"

⑥雪衣：雪衣女这里指白色羽毛的鹦鹉。《太平广记》卷四六〇引唐胡璩《谭宾录·雪衣女》："天宝中，岭南献白鹦鹉，养之宫中。岁久，颇甚聪慧，洞晓言词，上及贵妃，皆呼为雪衣女。"前蜀贯休《还举人歌行卷》诗："古松直笔雷不折，雪衣女啄蟠桃缺。"分付：交付，寄意。

⑦一镜：指像一面明镜的平水，这里指太液池。

⑧白苹：水中浮草。

⑨内家：指皇宫，宫廷。结束：装束，打扮。

⑩孤稳：玉，古代契丹语的音译。《辽史·国语解》："孤稳，玉也。"辽王鼎《焚椒录》："宫中为（懿德皇后）语曰：'孤稳压帕女古靴，菩萨唤作耨斡么。'盖言以玉饰首，以金饰足，以观音作皇后也。"

⑪女古：黄金，契丹语音译。《辽史·营卫志上》："女古斡鲁朵，圣宗置。是为兴圣宫。金曰'女古'。"

⑫苍苔：青色苔藓。

⑬十眉：十眉图。十样不同的美女眉型画图。唐玄宗命画

工绘制。明杨慎《丹铅续录·十眉图》:"唐明皇令画工画十眉图。一曰鸳鸯眉,又名八字眉;二曰小山眉,又名远山眉;三曰五岳眉;四曰三峯眉;五曰垂珠眉;六曰月棱眉,又名却月眉;七曰分梢眉;八曰逐烟眉;九曰拂云眉,又名横烟眉;十曰倒晕眉。"

⑭胭粉:脂粉,借指妇女。

⑮花铃:指用以惊吓鸟雀的护花铃。五代王仁裕《开元天宝遗事·花上金铃》:"至春时,于后园中纫红丝为绳,密缀金铃,系于花梢之上。每有鸟鹊翔集,则令园吏掣铃索以惊之,盖惜花之故也。"

# 又 上元

阑珊火树鱼龙舞①,望中宝钗楼远②。鞠鞠余红③,琉璃剩碧④,待嘱花归缓缓⑤。寒轻漏浅。正乍敛烟霏,陨星如箭⑥。旧事惊心,一双莲影藕丝断⑦。

莫恨流年逝水,恨销残蝶粉⑧,韶光忒贱⑨。细语吹香,暗尘笼鬓,都逐晓风零乱⑩。阑干敲遍⑪。问帘底纤纤⑫,甚时重见?不解相思,月华今夜满⑬。

## 【笺注】

①火树:指用竿架装饰的焰火,比喻繁盛的灯火。唐苏味道《观灯》:"火树银花合,星桥铁锁开。"鱼龙:指鱼形、龙形的灯。宋辛弃疾《青玉案·元夕》:"凤箫声动,玉壶光转,一夜鱼龙舞。"

②宝钗楼:唐宋时咸阳酒楼名,这里泛指京城中的阁楼亭台。宋邵博《闻见后录》卷十九:"予尝秋日饯客咸阳宝钗楼上,汉诸陵在晚照中,有歌此词者,一坐凄然而罢。"宋陆游

《对酒》:"但恨宝钗楼,胡沙隔咸阳。"自注:"宝钗楼,咸阳旗亭也。"

③靺鞨:宝石名。即红玛瑙,色红,隐晶质,产靺鞨,故称。《旧唐书·肃宗纪》:"楚州刺史崔侁献定国宝玉十三枚……七日红靺鞨,大如巨栗,赤如樱桃。"

④琉璃:一种有色半透明的玉石。《后汉书·西域传·大秦》:"土多金银奇宝、有夜光璧、明月珠、骇鸡犀、珊瑚、虎魄、琉璃、琅玕、朱丹、青碧。"

⑤待嘱花归缓缓:吴越王钱镠的爱妃每到春天都会回临安河亲。一年,钱镠坐在大殿上,思念爱妃,写信道:"陌上花开,可缓缓归矣。"宋姜夔《鹧鸪天·正月十一日观灯》:"沙河塘上春寒浅,看了游人缓缓归。"

⑥陨星:绚烂的烟花。宋辛弃疾《青玉案·元夕》:"东风夜放花千树,更吹落、星如雨。"

⑦藕丝:莲藕折断,藕丝相连,喻男女情意绵绵。宋晏殊《渔家傲》:"一把藕丝牵不断。"

⑧蝶粉:唐人宫妆。唐李商隐《酬崔八早梅有赠兼示之作》:"何处拂胸资蜨粉,几时涂额藉蜂黄。"冯浩笺注:"按:《野客丛书》引《草堂诗余注》:蜨粉蜂黄,唐人宫妆也。且引此联以证之。然粉面额黄,岂始唐时哉?"

⑨韶光:春光。明汤显祖《牡丹亭·惊梦》:"雨丝风片,烟波画船,锦屏人忒看的这韶光贱。"

⑩晓风零乱:明末清初陈子龙《前调》:"冰心寂寞难禁,早被晓风零乱又春深。"又顾贞观《忘梅·中秋》:"怕珮声、钗影俱逐,晓风零乱。"

⑪阑干敲遍:宋欧阳修《踏莎行》:"阑干敲遍不应人,分明帘下闻裁剪。"又宋周邦彦《感皇恩》:"绮窗依旧,敲遍

阑干谁应。"

⑫帘底纤纤：帘底露出女子的纤足，这里代指女子。宋辛弃疾《念奴娇》："闻道绮陌东头，行人曾见，帘底纤纤月。"

⑬月华：月光，月色。唐陆龟蒙《赠远》："怨生泣西风，秋窗月华满。"

## 又　塞外七夕

白狼河北秋偏早①，星桥又迎河鼓②。清漏频移③，微云欲湿，正是金风玉露④。两眉愁聚⑤。待归踏榆花⑥，那时才诉。只恐重逢，明明相视更无语。

人间别离无数，向瓜果筵前⑦，碧天凝伫。连理千花⑧，相思一叶⑨，毕竟随风何处。羁栖良苦。算未抵空房，冷香啼曙⑩。今夜天孙⑪，笑人愁似许。

【笺注】

①白狼河：《水经注疏》卷十四："辽水右会白狼水。"白狼河，即大凌河。白狼河北，泛指广大塞外边地。唐沈佺期《独不见》："白狼河北音书断，丹凤城南秋夜长。"

②星桥：神话中的鹊桥。河鼓：星名。属牛宿，在牵牛之北。《史记·天官书》："牵牛为牺牲。其北河鼓，河鼓大星，上将；左右，左右将。"宋欧阳修《渔家傲》："河鼓无言西北盼，香娥有恨东南远。脉脉横波珠泪满。归心乱，离肠便逐星

桥断。"

③清漏：清晰的滴漏声。古代以漏壶滴漏计时。

④金风玉露：秋风和白露，以之借指秋天。唐李商隐《辛未七夕》："由来碧落银河畔，可要金风玉露时。清漏渐移相望久，微云未接过来迟。"

⑤两眉聚愁：宋晏殊《浣溪沙》："月好谩成孤枕梦，酒阑空得两眉愁。"又宋柳永《甘草子》之二："聚两眉离恨。"

⑥榆花：俗称榆钱。唐曹唐《织女怀牛郎》："欲将心就仙郎说，借问榆花早晚秋。"

⑦瓜果筵：南朝梁宗懔《荆楚岁时记》："七月七日为牵牛织女聚会之夜。是夕，人家妇女结彩缕，穿七孔针（旧俗七夕妇女穿针乞巧所用的针），或以金银鍮石为针，陈瓜果于庭中以乞巧，有喜子网于瓜上则以为符应。"

⑧连理：异根草木，枝干连生。喻结为夫妇或男女欢爱。唐白居易《长恨歌》："七月七日长生殿，夜半无人私语时。在天愿作比翼鸟，在地愿为连理枝。"千花：唐皇甫松《竹枝》："木棉花尽荔枝垂，千花万花待郎归。"

⑨相思一叶：唐李白《长相思》："相思黄叶落。"又宋晏殊《采桑子》："林间摘遍双双叶，寄于相思。"

⑩冷香：清香的花或花的清香。此处借指妇女。

⑪天孙：即织女星。《史记·天官书》："河鼓大星，……其北织女。织女者，天孙也。"宋苏轼《菩萨蛮·新月》："遥认玉帘钩，天孙梳洗楼。"

# 玉连环影

何处，几叶萧萧雨①。湿尽檐花②，花底人无语。掩屏山③，玉炉寒④，谁见两眉愁聚倚阑干⑤。

【笺注】

①几叶潇潇雨：宋晏殊《踏莎行》："高楼目尽欲黄昏，梧桐叶上潇潇雨。"

②檐花：靠近屋檐下边开的花。唐杜甫《醉时歌》："清夜沉沉动春酌，灯前细雨檐花落。"赵次公注："檐花近乎檐边之花也。学者不知所出，或以檐雨之细如水，或遂以檐花为檐雨之名。故特为详之。"

③屏山：此处指屏风。唐温庭筠《菩萨蛮》："无言匀睡脸，枕上屏山掩。"

④玉炉：熏炉的美称。五代蜀顾夐《虞美人》："翠帏香粉玉炉寒。"

⑤两眉愁聚倚阑干：宋柳永《歇指调·祭天神》："听空阶和漏，碎声斗滴愁眉聚。"五代南唐李煜《捣练子》："云鬓乱，晚妆残。带恨眉儿远岫攒。斜托香腮春笋嫩，为谁和泪倚阑干。"

## 又

才睡,愁压衾花碎①。细数更筹②,眼看银虫坠③。梦难凭,讯难真,只是赚伊终日两眉颦④。

【笺注】

①衾花:指织印在被子上的花卉图案。

②更筹:古代夜间报更用的计时竹签。南朝梁庾肩吾《奉和春夜应令》:"烧香知夜漏,刻烛验更筹。"这里借指时间。宋晁端礼《金盏子》:"遥夜枕冷衾寒,数更筹无寐。"

③银虫:蠹鱼的俗称,这里用来喻指灯花。

④赚:赚得,赢得。颦:攒眉。宋柳永《浪淘沙令》:"应是西施娇困也,眉黛双颦。"

\* 此词补遗自《纳兰词》,许增编,清光绪六年娱园刻本。

# 又 雪

　　密洒征鞍无数①，冥迷远树②。乱山重叠杳难分，似五里、蒙蒙雾。

　　惆怅琐窗深处③，湿花轻絮④。当时悠扬得人怜⑤，也都是、浓香助。

【笺注】

①征鞍：犹征马。指旅行者所乘的马。

②冥迷：阴暗迷茫。唐杜牧《阿房宫赋》："高低冥迷，不知西东。"

③琐窗：镂刻有连琐图案的窗棂。清毛媞《丑奴儿令·春闺》："锁窗深处无人见，别是幽清。"

④湿花：指雪花。北周庾信《同颜大夫初晴诗》："湿花飞未远，阴云敛向低。"

⑤悠扬：飘扬，飞扬。

# 谒金门

风丝袅①,水浸碧天清晓②。一镜湿云青未了③,雨晴春草草④。

梦里轻螺谁扫⑤?帘外落花红小⑥。独睡起来情悄悄,寄愁何处好?

【笺注】

①风丝:指微风。袅:微风吹拂。

②水浸碧天:宋欧阳修《蝶恋花》:"水浸碧天风皱浪。"清晓:天微微亮时。宋晏殊《迎春乐》:"被啼莺语燕催清晓。"

③青未了:谓秀发青丝茂美。唐杜甫《望岳》:"岱宗夫如何,齐鲁青未了。"

④草草:忧心的样子。《诗经·小雅·巷伯》:"骄人好好,劳人草草。"

⑤轻螺:指淡淡的黛眉。

⑥帘外落花:唐温庭筠《春晓曲》:"笼中娇鸟暖犹睡,帘外落花闲不扫。"红小:宋晏几道《临江仙》:"绿娇红小正堪怜。"

## 四和香

麦浪翻晴风飐柳①,已过伤春候②。因甚为他成僝僽③,毕竟是春迤逗④。

红药阑边携素手⑤,暖语浓于酒。盼到园花铺似绣,却更比春前瘦。

【笺注】

①麦浪翻晴:清顾贞观《东风第一枝·用史梅溪韵》:"麦浪翻晴,柳烟吹暮,可怜时候新暖。"风飐(zhǎn)柳:风吹柳条颤动。

②伤春:因春天到来而引起忧伤、苦闷。候:时节。

③僝(chán)僽(zhòu):烦恼,愁苦。

④迤逗:挑逗,引诱。

⑤红药:芍药花。宋欧阳修《醉蓬莱》:"红药阑边,恼不教伊过。"又宋赵长卿《长相思·春浓》:"药栏东,药栏西。记得当时素手携。"

## 海棠月　瓶梅

　　重檐淡月浑如水，浸寒香一片小窗里①。双鱼冻合②，似曾伴个人无寐。横眸处③，索笑而今已矣④。

　　与谁更拥灯前髻⑤，乍横斜疏影疑飞坠⑥。铜瓶小注⑦，休教近麝炉烟气⑧。酬伊也，几点夜深清泪。

【笺注】

　　①寒香：清冽的香气，形容梅花的香气。宋秦观《满庭芳·赏梅》："休道寒香较晚，芳丛里、便觉孤高。"

　　②双鱼：这里指双鱼形的盥洗器皿。宋张元幹《夜游宫》："半吐寒梅未拆，双鱼洗、病渐初结。"

　　③横眸：流动的眼神。隋卢思道《日出东南隅行》："深情出艳语，密意满横眸。"

　　④索笑：犹逗乐，取笑。宋陆游《梅花》："不愁索笑无多子，惟恨相思太瘦生。"

　　⑤拥灯前髻：汉伶玄《赵飞燕外传》附《伶玄自叙》："通德（伶玄之妾，曾为汉成帝宫中婢女）占袖，顾视烛影，

以用拥髻,凄然泣下,不胜其悲。"拥髻,灯下以手拥捧发髻,有说旧事生悲慨之意。宋朱敦儒《浣溪沙》:"拥髻凄凉论旧事,曾随织女度银梭。"明王彦泓《予怀》:"何年却话当年恨,拥髻灯边侍子于。"

⑥横斜、疏影:宋《山园小梅》:"疏影横斜水清浅,暗香浮动月黄昏。"

⑦小注:注水用的器皿。宋刘过《沁园春·赠王禹锡》:"自注铜瓶,做梅花供尊前树枝。"

⑧麝炉烟气:焚麝香散发出的烟气。古人认为麝香不宜于花,瓶中梅花自然要远离麝炉烟气。明王彦泓《寒词》:"终是护花心意切,倩郎移过镜函边。"自注:"瓶花畏香,故嫌相逼。"

## 金菊对芙蓉　上元①

金鸭消香②，银虬泻水③，谁家夜笛飞声？正上林雪霁④，鸳瓦晶莹⑤、鱼龙舞罢香车杳⑥，剩尊前袖掩吴绫⑦。狂游似梦⑧，而今空记，密约烧灯⑨。

追念往事难凭。叹火树星桥，回首飘零。但九逵烟月⑩，依旧笼明。楚天一带惊烽火，问今宵可照江城⑪？小窗残酒，阑珊灯炧⑫，别自关情。

【笺注】

①上元：节日名。俗以农历正月十五日为上元节，亦称元宵节。康熙十八年（1679）秋，词人好友张纯修离京赴任湖南江华县。此词原作于康熙十九年正月，《瑶华集》存其初稿。"楚天"以下数句作"锦江烽火连三月，与蟾光、同照神京"，及至同年四月二十一日，词人寄张纯修，改动若干字句。

②金鸭：一种镀金的鸭形铜香炉。宋晏殊《诉衷情》："榴花寿酒，金鸭炉香，岁岁长新。"

③银虬：漏壶底部的银质流水龙头。唐王维《送张舍人佐江州同薛据十韵》："清晨听银虬，薄暮辞金马。"

④上林：古宫苑名。秦旧苑，汉初荒废，至汉武帝时重新扩建。《三辅黄图·苑囿》："汉上林苑，即秦之旧苑也。"这里代指清宫苑。

⑤鸳甃（zhòu）：用对称的砖瓦砌成的井壁，此处借指井。

⑥鱼龙：鱼形、龙形的灯。香车：对女性所乘坐的装饰华美车子的美称。宋辛弃疾《青玉案·元夕》："宝马雕车香满路。凤箫声动，玉壶光转，一夜鱼龙舞。"

⑦吴绫：古代吴地所产的一种丝织品，有纹彩，又轻又薄。宋周紫芝《菩萨蛮》："粉汗湿吴绫，玉钗敲枕棱。"

⑧狂游：纵情游逛。

⑨烧灯：指元宵节。宋晏几道《生查子》："心情剪彩慵，时节烧灯近。"

⑩九逵：四通八达的大道。《三辅黄图·都城十二门》："长安城面三门，四面十二门，皆通达九逵，以相经纬。"后多指京城的大路。南朝梁吴均《古意七首》之三："西都盛冠盖，九逵尘雾塞。"

⑪江城：临江之城市、城郭，这里指湖南江华县城。

⑫灯炧（xiè）：谓灯烛将熄。清吴伟业《萧史青门曲》："花落回头往是非，更残灯炧泪沾衣。"

# 点绛唇[①]

　　一种蛾眉[②]，下弦不似初弦好[③]。庚郎未老[④]，何事伤心早？

　　素壁斜辉[⑤]，竹影横窗扫[⑥]。空房悄，乌啼欲晓，又下西楼了。

【笺注】

①汪元治编道光十二年结铁网斋刊刻的《纳兰词》有副题"对月"。

②蛾眉：指蛾眉月。月初或月末的一种月相，因形似蛾眉，故称。

③下弦：农历每月的二十二或二十三日，此时的月相称为下弦。初弦：农历每月的初七或初八，此时月如弓弦，故称。

④庚郎：指北周诗人庚信。庚信奉命出使北朝的西魏被留，不得回归故土，暮年文风萧瑟哀戚，又有豪健雄浑之气。唐杜甫《戏为六绝句》："庚信文章老更成，凌云健笔意纵横。"这里借指多愁善感之诗人。

⑤素壁：白色的墙壁、山壁、石壁。

⑥竹影横窗扫：宋杨万里《雨晴得毗陵故旧书》："日与山光弄秋色，风将竹影扫窗尘。"

## 又 咏风兰①

别样幽芬,更无浓艳催开处。凌波欲去②,且为东风住。

忒煞萧疏③,争奈秋如许。还留取,冷香半缕,第一湘江雨④。

【笺注】

①风兰:一种兰花,夏开白色花,因喜欢在通风、湿度高的地方生长而得名。古代士人喜欢把它吊置于屋檐下谈论风流,亦称"轩兰"。这首作品在张纯修(字子敏,号见阳)刻本中有副题:题见阳画兰。清曹寅《墨兰歌·序》:"见阳每画兰,必书容若词。"

②凌波:在水上行走。三国魏曹植《洛神赋》:"凌波微步,罗袜生尘。"

③忒煞:太,过分。

④第一湘江雨:张纯修其时在湖南江华县为官,故有湘江雨之称。第一,乃赞誉之意。清曹寅《墨兰歌》:"潇湘第一岂凡情,别样萧疏墨有声。可怜侧帽楼中客,不再薰炉烟外听。"

## 又　寄南海梁药亭①

一帽征尘②，留君不住从君去③。片帆何处，南浦沉香雨④。

回首风流，紫竹村边住。孤鸿语，三生定许，可是梁鸿侣⑤。

【笺注】

①梁药亭：梁佩兰，清初著名诗人，字芝五，号药亭，别号柴翁。

②征尘：指旅途中所染的灰尘，含有劳碌辛苦之意。

③留君不住从君去：宋苏轼《江神子·冬景》："雪意留君君不住，从此去，少清欢。"又宋蔡伸《踏莎行》："百计留君，留君不住。留君不住君须去。望君频问梦中来，免教肠断巫山雨。"

④南浦：南面的水边，后常用称送别之地。《楚辞·九歌·河伯》："子交手兮东行，送美人兮南浦。"沉香：沉香浦，在今广东南海琵琶洲。《晋书·良吏传》载，广州刺史吴隐之发现妻子刘氏藏了一斤沉香，便把沉香投入水中，因此得名。

⑤梁鸿侣：东汉梁鸿与妻孟光相敬如宾，这里喻指夫妇志

同道合,生活美满。《后汉书·逸民传》:"梁鸿,字伯鸾,扶风平陵人也。……势家慕其高节,多欲女之;鸿并绝不娶。同县孟氏有女,状肥丑而黑,力举石臼,择对不嫁,至年三十。父母问其故。女曰:"欲得贤如梁伯鸾者。"鸿闻而聘之。女求作布衣、麻屦,织作筐、缉绩之具。及嫁,始以装饰入门。……妻曰:"以观夫子之志耳。妾自有隐居之服。"乃更为椎髻布衣,操作而前。鸿大喜曰:"此真梁鸿妻也。能奉我矣!"字之曰德曜,名孟光。……乃共入霸陵山中,以耕织为业,咏《诗》《书》,弹琴以自娱。后至吴,依大家皋伯通,居庑下,为人赁舂。每归,妻为具食;不敢于鸿前仰视,举案齐眉。"

# 又　黄花城早望①

五夜光寒②，照来积雪平于栈。西风何限，自起披衣看。

对此茫茫③，不觉成长叹。何时旦④，晓星欲散⑤，飞起平沙雁⑥。

【笺注】

①黄花城：古代关口，在今北京怀柔北长城内侧。

②五夜：指戊夜，即第五更。

③对此茫茫：《世说新语·言语》："卫洗马初欲渡江，形神惨悴，语左右云：'见此芒芒，不觉百端交集。苟未免有情，亦复谁能遣此！'"

④旦：天亮。南朝宋裴骃《史记集解》引应劭之语有宁戚《饭牛歌》："从昏饭牛薄夜半，长夜漫漫何时旦。"又宋贺铸《秋风叹·燕瑶池》："长宵半，参旗烂烂，何时旦。"

⑤晓星：拂晓的星星。唐李商隐《嫦娥》："云母屏风烛影深，长河渐落晓星沉。"

⑥平沙：指广阔的沙原。宋陈亮《渔家傲·重阳日作》："漠漠平沙初落雁，黄花浊酒情何限。"

# 又

小院新凉,晚来顿觉罗衫薄①。不成孤酌,形影空酬酢②。

萧寺怜君③,别绪应萧索④。西风恶⑤,夕阳吹角⑥,一阵槐花落。

【笺注】

①顿觉罗衫薄:宋仇远《忆秦娥》:"秋乍觉,露凉顿觉罗衾薄。"

②酬酢:主客相互敬酒,主敬客称酬,客还敬称酢。形与影相互敬酒,谓独自一人。

③萧寺:唐李肇《唐国史补》卷中:"梁武帝造寺,令萧子云飞白大书'萧'字,至今一'萧'字存焉。"后因称佛寺为萧寺。

④萧索:萧条冷落,凄凉。宋柳永《尾犯》:"夜雨滴空阶,孤馆梦回,情绪萧索。"

⑤西风恶:宋黄机《忆秦娥》:"秋萧索,梧桐落尽西风恶。西风恶,数声新雁,数声残角。"

⑥夕阳吹角:宋陆游《浣溪沙·和无咎韵》:"夕阳吹角最关情。"

# 浣溪沙

消息谁传到拒霜①？两行斜雁碧天长，晚秋风景倍凄凉。

银蒜押帘人寂寂②，玉钗敲竹信茫茫③。黄花开也近重阳④。

【笺注】

①拒霜：花名，木芙蓉的别称。冬凋夏茂，仲秋开花，耐寒不落，故名。宋代宋祁《益都方物略记》："添色拒霜花，生彭、汉、蜀州，花常多叶，始开白色，明日稍红，又明日则若桃花然。"

②银蒜：银质蒜头形帘坠，用以压帘幕。寂寂：孤单，冷落。宋苏轼《哨遍·春词》："睡起画堂，银蒜押帘，珠幕云垂地。"

③玉钗敲竹：击节高吟，为唐宋歌吟的习俗。以玉制的钗敲击修竹，说明击节者乃一名女性。唐高适《听张立本女吟》："危冠广袖楚宫妆，独步闲庭逐夜凉。自把玉钗敲砌竹，清歌一曲月如霜。"明王彦泓《即事》："玉钗敲竹立旁皇，孤

负楼心几夜凉。"茫茫：遥远。

④近重阳：重阳，节令名，阴历九月初九日，故曰重阳。宋晏几道《蝶恋花》："金菊开时，已近重阳宴。"

## 又

雨歇梧桐泪乍收，遣怀翻自忆从头，摘花销恨旧风流①。

帘影碧桃人已去，屧痕苍藓径空留②。两眉何处月如钩③？

【笺注】

①摘花销恨：五代王仁裕《开元天宝遗事·销恨花》："明皇于禁苑中，初，有千叶桃盛开，帝与贵妃日逐宴于树下。帝曰'不独萱草忘忧，此花亦能销恨。'"宋赵长卿《虞美人·深春》："碧桃银恨犹堪爱，妃子今何在。"

②屧（xiè）痕苍藓：木屐在苍苔上留下痕迹。宋张先《御街行》："绿苔深径少人行，苔上屧痕无数。"

③两眉何处月如钩：南朝陈后主《三妇艳诗》："小妇初妆点。回眉对月钩。"五代南唐李煜《乌夜啼》："无言独上西楼，月如钩。"

## 又

欲问江梅瘦几分,只看愁损翠罗裙①,麝篝衾冷惜余熏②。

可耐暮寒长倚竹③,便教春好不开门。枇杷花底校书人④。

【笺注】

①翠罗裙:宋孔夷《南浦·旅怀》:"故园梅花归梦,愁损绿罗裙。"

②麝篝:燃麝香的熏笼。余熏:犹馀香。

③可耐:可奈。宋晁端礼《菩萨蛮》:"风雨夜来多,春寒可奈何。"宋高观国《金人捧露盘·梅花》:"天寒翠袖,可怜是,倚竹依依。"

④校书:古代掌校理典籍的官员。汉有校书郎中,三国魏始置秘书校书郎,隋、唐等都设此官,属秘书省。唐胡曾《赠薛涛》:"万里桥边女校书,枇杷花下闭门居。"薛涛,蜀中能诗文的名妓,时称女校书。后因以"女校书"为妓女的雅称。

## 又

泪浥红笺第几行①,唤人娇鸟怕开窗②,那能闲过好时光。

屏障厌看金碧画③,罗衣不奈水沈香④。遍翻眉谱只寻常。

【笺注】

①泪浥:沾湿。宋张先《更漏子》:"彩笺疏,红粉泪,两心知。"宋欧阳修《洞仙歌令》:"未写了,泪成行,早满香笺。"宋晏几道《蝶恋花》:"欲写彩笺书别怨,泪痕早已先书满。"

②唤人娇鸟:宋王安石《午枕》:"窥人鸟唤悠扬梦,隔水山供宛转愁。"

③屏障:屏风。唐杜甫《韦讽寻事宅观曹将军画马图歌》:"贵戚牧门得笔迹,始觉屏障生光辉。"金碧:指国画颜料中的泥金、石青和石绿。

④沈香:亦作"沉香",香木名,又名"伽南香"或"奇南香"。晋嵇含《南方草木状·蜜香沉香》:"交趾有蜜香,树

干似柜柳,其花白而繁,其叶如橘。欲取香伐之,经年,其根干枝叶,各有别色也。木心与节坚黑,沉水者为沉香。"宋晏几道《诉衷肠》:"长因蕙草记罗裙,绿腰沉水熏。"

# 又

残雪凝辉冷画屏①,落梅横笛已三更②,更无人处月胧明③。

我是人间惆怅客,知君何事泪纵横④。断肠声里忆平生⑤。

【笺注】

①冷画屏:唐杜牧《秋夕》:"银烛秋光冷画屏,轻罗小扇扑流萤。"

②落梅:即《梅花落》,古笛曲名。唐李白《司马将军歌》:"羌笛横吹《阿鞞回》,向月楼中吹《落梅》。"

③胧明:微明。

④泪纵横:辛弃疾《江神子·和人韵》:"月胧明,泪纵横。"

⑤断肠声里:宋晏殊《点绛唇》:"炉烟起,断肠声里,敛尽双蛾翠。"忆平生:宋辛弃疾《和人韵》:"忆平生,若为情。试取灵槎,归路问君平。"

# 又

睡起惺忪强自支①,绿倾蝉鬓下帘时②,夜来愁损小腰肢③。

远信不归空伫望,幽期细数却参差④。更兼何事耐寻思。

【笺注】

①惺忪:忪,同"鬆"。惺忪,犹惺松,清醒。宋周邦彦《浣溪沙》:"起来娇眼未惺忪。"强自支:勉强支撑。

②蝉鬓:古时妇女的一种发式,两鬓薄如蝉翼,故称。南朝梁元帝《登颜园故阁》:"妆成理蝉鬓,笑罢敛峨眉。"

③夜来:一语双关,既表时间,又是古时美女之名,即魏文帝爱妾薛灵芸的别名。晋王嘉《拾遗记·魏》:"文帝所爱美人,姓薛名灵芸,常山人也……灵芸未至京师十里,帝乘雕玉之辇,以望车徒之盛,嗟曰:'昔者言"朝为行云,暮为行雨",今非云非雨,非朝非暮。'改灵芸之名曰夜来……夜来妙于针工,虽处于深帷之内,不用灯烛之光,裁制立成。非夜来缝制,帝则不服。宫中号为'针神'也。"小腰肢:唐韦庄

《天仙子》:"露桃宫里小腰肢。眉眼细,鬓云垂。"

④幽期:指男女间的幽会。参差:蹉跎,错过。宋秦观《水龙吟》:"怅佳期,参差难又。"

# 又

　　十里湖光载酒游，青帘低映白苹洲①，西风听彻采菱讴②。

　　沙岸有时双袖拥，画船何处一竿收？归来无语晚妆楼。

【笺注】

　　①白苹洲：长满白色苹花的沙洲。唐温庭筠《梦江南》："斜晖脉脉水悠悠，断肠白苹洲。"

　　②采菱：古代歌曲名。《楚辞·招魂》："《涉江》《采菱》，发《扬荷》些。"王逸注："楚人歌曲也。"

## 又

脂粉塘空遍绿苔①,掠泥营垒燕相催②,妒他飞去却飞回。

一骑近从梅里过③,片帆遥自藕溪来。博山香炉未全灰④。

【笺注】

①脂粉塘:溪名,传说中为春秋时西施浴处。《太平御览》卷九八一引南朝梁任昉《述异记》:"吴故宫有香水溪,俗云西施浴处,又呼为脂粉塘。吴王宫人濯妆于此溪上源,至今馨香。"

②营垒:筑巢。

③梅里:江南地名,传说为吴国始祖太伯的居处。

④博山:博山炉的简称,因炉盖上的造型似传闻中的海中名山博山而得名。一说象华山,因秦昭王与天神博于是,故名。后作为名贵香炉的代称。《西京杂记》卷一:"长安巧工丁缓者……又作九层博山香炉,镂为奇禽怪兽,穷诸灵异,皆自然运动。"宋晏殊《望仙门》:"博山炉暖泛浓香。"

# 又

五月江南麦已稀,黄梅时节雨霏微①,闲看燕子教雏飞②。

一水浓阴如罨画③,数峰无恙又晴晖。湔裙谁独上渔矶④?

【笺注】

①霏微:蒙蒙细雨飘洒状。宋晏几道《好女儿》:"梅子青时,尽无端,尽日东风恶,更霏微细雨,恼人离恨,满路春泥。"

②闲看燕子教雏飞:宋辛弃疾《添字浣溪沙》:"日日闲看燕子飞,旧巢新垒画帘低。"

③罨画:色彩鲜明的绘画。明杨慎《丹铅总录·订讹·罨画》:"画家有罨画,杂彩色画也。"多用以形容自然景物或建筑物等的艳丽多姿。

④湔(jiān)裙:洗裙。旧俗,上巳节妇女相约至水畔洗衣,以除晦气。男女常常于湔裙时相约。宋晏几道《木兰花》:"湔裙曲水曾相遇,挽断罗巾容易去。"渔矶:可供垂钓的水边岩石。宋陆游《一落索》:"雨蓑烟笠傍渔矶,应不是、封侯相。"

## 又　西郊冯氏园看海棠，因忆香岩词有感[①]

谁道飘零不可怜，旧游时节好花天，断肠人去自今年[②]。一片晕红才著雨[③]，几丝柔绿乍和烟[④]，倩魂销尽夕阳前[⑤]。

【笺注】

①西郊冯氏园：原为明朝万历年间大太监冯保在阜成门外的园子，清代以海棠花知名，是文人雅士玩赏之处。香岩：龚鼎孳，字孝升，号芝麓，与钱谦益、吴伟合称为"江左三大家"。词集初题为《香岩词》。龚鼎孳曾做过康熙十二年（1673）会试主考官，词人出其门下。

②断肠人去自今年：谓龚鼎孳之死。龚氏死于康熙十二年（1673）九月。

③晕红：中心浓而四周渐淡的一团红色，写海棠花色。著雨：古语有"海棠著雨透胭脂"之说。明钱穀《柳梢青·春望》："黄鸣啼晴，海棠著雨，无限留连。"

④和：合。宋杜安世《行香子》："寒食下，半和雨，半

和烟。"宋贺铸《夜游宫》:"江南岸、草和烟绿。"

⑤倩魂销尽夕阳前:宋姜夔《浣溪沙》:"销魂都在夕阳中。"

# 又　咏五更和湘真韵[①]

微晕娇花湿欲流，簟纹灯影一生愁[②]，梦回疑在远山楼[③]。

残月暗窥金屈戍[④]，软风徐荡玉帘钩。待听邻女唤梳头。

【笺注】

①湘真：明清之际的陈子龙，字卧子、人中，号大樽、海士，南直隶松江华亭（今上海松江）人，有词集名"湘真"。陈子龙的词开启清词振兴的局面，二十世纪词学大家龙榆生评曰："卧子英年殉国，大节凛然，而所作词，婉丽绵密，韵格在淮海（秦观）、漱玉（李清照）间，尤为当行本色。"

②簟纹：席纹。宋辛弃疾《御街行·无题》："纱橱如雾，簟纹如水，别有生凉处。"灯影：灯光下的人影。宋周邦彦《虞美人·正宫》之二："又是一窗灯影、两人愁。"

③远山楼：明汤显祖《紫钗记》第四十出"开笺泣玉"："无事爱娇嗔，没伊边少个人。当初拟画屏深宠，又谁知生暗尘？他独自个易黄昏，将咱身心想伊情分。则他远山楼上费精神，旧模样直恁翠眉颦。"远山楼为女子思念在外为官的丈夫

的所在，这里代指女子的居处。明王彦泓《梦游十二首》之十二："绣被鄂君仍眺赏，蓬窗新署远山楼。"

④屈戌：即屈戌。门窗、屏风、橱柜等的环纽、搭扣。明陶宗仪《辍耕录·屈戌》："今人家窗户设铰具，或铁或铜，名曰环纽，即古金铺之遗意，北方谓之屈戌，其称甚古。"

# 又

伏雨朝寒愁不胜①,那能还傍杏花行,去年高摘斗轻盈。

漫惹炉烟双袖紫,空将酒晕一衫青②。人间何处问多情。

【笺注】

①伏雨:指连绵不断的雨。唐杜甫《秋雨叹》诗之二:"阑风伏雨秋纷纷,四海八荒同一云。"仇兆鳌注引赵子栎曰:"阑珊之风,沉伏之雨,言其风雨之不已也。"

②酒晕:饮酒后脸上泛起的红晕。宋赵长卿《西江月·夏日有感》:"有恨眉尖皱碧,多情酒晕生红。"

## 浣溪沙

酒醒香销愁不胜,如何更向落花行?去年高摘斗轻盈①。

夜雨几番销瘦了,繁华如梦总无凭②。人间何处问多情。

【笺注】

①高摘:摘高处的花朵。轻盈:多形容女子体态之纤柔、轻快。唐李白《相逢行》:"下车何轻盈,飘然似落梅。"

②繁华如梦:宋林景熙《西湖》:"繁华已如梦,登览忽成尘。"总无凭:总是没根据。宋欧阳修《燕归梁》:"而今前事总无凭,空赢得、瘦棱棱。"

\* 此词补遗自《纳兰词补遗》,王云五主编,万有文库第二集。此首作品与《浣溪沙·伏雨朝寒愁不胜》字句词文构思大略相同,故暂附录于此。

# 又

五字诗中目乍成①,尽教残福折书生②,手挼裙带那时情③。

别后心期和梦杳,年来憔悴与愁并。夕阳依旧小窗明④。

【笺注】

①五字诗:即五言诗。目乍成:屈原《九歌·少司命》:"满堂兮美人,忽与余兮目成。"目成,男女之间睨而相视,终相亲定情。明王彦泓《有赠》:"矜严时已逗风情,五字诗中目乍成。"

②尽教残福折书生:明王彦泓《梦游十二首》之四:"相对只消香共茗,半宵残福折书生。"

③挼(ruó):揉搓。五代薛绍蕴《小重山》:"手挼裙带绕阶行。思君切,罗幌暗尘生。"

④夕阳依旧小窗明:南朝陈后主《小窗诗》:"夕阳如有意,偏傍小窗明。"五代前蜀顾夐《临江仙》:"蝉吟人静,残日傍,小窗明。"

## 又

欲寄愁心朔雁边①,西风浊酒惨离颜②,黄花时节碧云天③。

古戍烽烟迷斥堠④,夕阳村落解鞍鞯⑤。不知征战几人还⑥?

【笺注】

①欲寄愁心:唐李白《王昌龄左前龙标遥寄》:"我寄愁心语明月,随风直到夜郎西。"雁边:泛指北方边境。元萨都剌《梦登高山得诗》:"万壑泉声松外去,数行秋色雁边来。"

②浊酒:用糯米、黄米等酿制的酒,较混浊。离颜:离别时的惆怅表情。唐温庭筠《宋人东游》:"何当重相见,樽酒慰离颜。"

③碧云天:元王实甫《西厢记》第十五出"长亭送别":"碧云天,黄叶地,西风紧,北雁南飞。"

④古戍:边疆古老的城堡、营垒。斥堠(ruò):侦察;候望。《史记·李将军列传》:"然亦远斥候,未尝遇害。"司马贞索隐:"许慎注《淮南子》云:'斥,度也。候,视也,望也。'"

⑤鞍鞯（jiān）：鞍子和托鞍的垫子。《木兰诗》："东市买骏马，西市买鞍鞯。"

⑥征战几人回：唐王翰《凉州词》："醉卧沙场君莫笑，古来征战几人回。"

# 又

记绾长条欲别难①,盈盈自此隔银湾②,便无风雪也摧残。

青雀几时裁锦字③,玉虫连夜剪春幡④,不禁辛苦况相关。

【笺注】

①绾(wǎn):系结。《汉书·周勃传》:"绛侯绾皇帝玺,将兵于北军,不以此时反,今居一小县,顾欲反邪!"颜师古注:"绾谓引结其组。"长条:长的枝条。特指柳枝。唐李商隐《离亭赋得折杨柳》:"人世死前惟有别,春风争拟惜长条。"明王廷相《杨花篇》:"长条不绾思归客,散作飞花愁杀人。"

②盈盈:《古诗十九首》之十:"迢迢牵牛星,皎皎河汉女。盈盈一水间,脉脉不得语。"银湾:指银河。唐李贺《溪晚凉》:"玉烟青湿白如幢,银湾晓转流天东。"王琦汇解:"银湾,银河也。"

③青雀:指青鸟,神话传说中西王母所使之神鸟。锦字:指锦字书,指前秦苏蕙寄给丈夫的织锦回文诗。《晋书·列女

传·窦滔妻苏氏》："窦滔妻苏氏，始平人也，名蕙，字若兰。善属文（撰写文章）。滔，苻坚时为秦州刺史，被徙流沙，苏氏思之，织锦为回文旋图诗对赠滔。宛转循环以读之，词甚凄惋。"清孔尚任《桃花扇·寄扇》："手帕儿包，头绳儿绕，抵过锦字书多少。"后多指妻子给丈夫的书信，表达思念之情。

④玉虫：喻灯花。春幡：春旗。旧俗于立春日或挂春幡于树梢，或剪缯绢成小幡，连缀簪之于首，以示迎春之意。南朝陈徐陵《杂曲》："立春历日自当新，正月春幡底须故。"

# 又

谁念西风独自凉①,萧萧黄叶闭疏窗,沉思往事立残阳②。

被酒莫惊春睡重③,赌书消得泼茶香④。当时只道是寻常。

【笺注】

①西风独自凉:宋张先《菩萨蛮》:"何处断离肠,西风昨夜凉。"

②深思往事立残阳:五代李珣《浣溪沙》:"安思何事立残阳。"

③被酒:为酒所醉,犹中酒。《史记·高祖本纪》:"高祖被酒,夜径泽中,令一人行前。"张守节正义:"被,加也。"

④赌书:比赛读书的记忆力。典出宋李清照、赵明诚翻书赌茶之事。约定某种比赛条件,以胜负决定饮茶的先后。宋李清照《〈金石录〉后序》:"余性偶强记,每饭罢,坐归来堂,烹茶,指堆积书史,言某事在某书、某卷、第几叶、第几行,以中否角胜负,为饮茶先后。"

## 又

十八年来堕世间①,吹花嚼蕊弄冰弦②,多情情寄阿谁边③。

紫玉钗斜灯影背④,红绵粉冷枕函偏⑤。相看好处却无言。

**【笺注】**

①十八年来堕世间:李商隐《曼倩辞》:"十八年来堕世间,瑶池归梦碧桃闲。如何汉殿穿针夜,又向窗中觑阿环。"东方朔,字曼倩。《仙吏传·东方朔传》:"朔未死时,谓同舍郎曰:'天下人无能知朔,知朔者唯太王公耳。'朔卒后,武帝得此语,即召太王公问之曰:'尔知东方朔乎?'公曰:'不知。''公何所能?'曰:'颇善星历。'帝问'诸星皆具在否',曰:'诸星具在,独不见岁星十八年,今复见耳。'"

②吹花嚼蕊:指吹奏、歌唱。唐李商隐《柳枝诗序》:"柳枝,洛中里娘也……生十七年,涂妆绾髻未尝竟。已复起去,吹花嚼蕊,调丝撅管,作天海风涛之曲,幽忆怨断之音。……余从昆让山,比柳枝居为近。他日春曾阴,让山下马柳枝南柳下,咏余《燕台诗》。柳枝惊问:'谁人有此?谁人

为是?'让山谓曰:'此吾里中少年叔耳。'柳枝手断长带,结让山为赠叔乞诗。明日,余比马出其巷,柳枝丫鬟毕妆,抱立扇下,风障一袖,指曰:'若叔是?后三日,邻当去湔裙水上,以博山香待,与郎俱过。'余诺之。会所友有偕当诣京师者,戏盗余卧装以先,不果留。"冰弦:琴弦的美称。传说中有用冰蚕丝作的琴弦,故称。

③阿谁:疑问代词。犹言谁,何人。

④紫玉钗:蒋防《霍小玉传》:"曾令侍婢浣沙将紫玉钗一只,诣景先家货之。路逢内作老玉工,见尝纱所执,前来认之,曰:此钗吾所作也。昔霍王小女将欲上鬟,令我作此,酬我万钱,我尝不忘。汝是何人?从何得来?"

⑤红绵:粉扑。宋陆游《浣溪沙·南郑席上》:"浴罢华清第二汤,红绵扑粉玉肌凉。"宋史达祖《恋绣衾》:"瘦骨怕、红绵冷,说年时、斗帐夜分。"枕函:中间可以藏物的枕头。明汤显祖《牡丹亭·闹殇》:"枕函敲破漏声残,似醉如呆死不难。"

# 又

莲漏三声烛半条①,杏花微雨湿红绡②,那将红豆记无聊③?

春色已看浓似酒④,归期安得信如潮⑤。离魂入夜倩谁招⑥。

【笺注】

①莲漏:即莲花漏。古代的一种计时器。唐李肇《唐国史补》卷中:"初,惠远以山中不知更漏,乃取铜叶制器,状如莲花,置盆水之上,底孔漏水,半之则沉。每昼夜十二沉,为行道之节,虽冬夏短长,云阴月黑,亦无差也。"宋和岘《六州》:"严夜警,铜莲漏迟迟。"

②杏花微雨:宋楼采《玉漏迟》:"深院宇,黄昏杏花微雨。"红绡:红色薄绸。五代南唐冯延巳《应天长》词之三:"枕上长夜只如岁,红绡三尺泪。"

③红豆:红豆树、海红豆及相思子等植物种子的统称。其色鲜红,文学作品中常用以象征爱情或相思。唐王维《相思》:"红豆生南国,春来发几枝。愿君多采撷,此物最相思。"

④春色已看浓似酒：宋秦观《如梦令》："门外鸦啼杨柳，春色著人如酒。"宋黄庭坚《和曹子方杂言》："人言春色浓如酒，不见插秧吴女手。"

⑤归期安得信如潮：王彦泓《错认》："秋期只愿信如潮。"潮信，潮水。以其涨落有定时，故称。

⑥离魂：指远游他乡的旅人。宋吴文英《高阳台·落梅》："离魂难倩招清些，梦缟衣、解佩溪也。"

# 又

身向云山那畔行①,北风吹断马嘶声,深秋远塞若为情②。

一抹晚烟荒戍垒③,半竿斜日旧关城④。古今幽恨几时平。

【笺注】

①那畔:犹那边。

②若为情:何以为情。五代孙光宪《浣溪沙》:"查无消息若为情。"

③半竿斜日:宋张孝祥《眼儿媚》:"半竿斜日,两行珠泪,一叶扁舟。"

④戍垒:戍堡。边防驻军的营垒、城堡。

## 又 大觉寺[①]

燕垒空梁画壁寒[②],诸天花雨散幽关[③],篆香清梵有无间[④]。

蛱蝶乍从帘影度[⑤],樱桃半是鸟衔残[⑥]。此时相对一忘言。

【笺注】

①大觉寺:又称西山大觉寺,大觉禅寺,在今北京海淀阳台山麓。始建于辽代咸雍四年(1068),称清水院。金代时大觉寺为金章宗西山八大水院之一,后改名灵泉寺,明重建后改为大觉寺。

②燕垒:燕子的窝。喻栖身之所。隋薛道衡《昔昔盐》:"空梁落燕泥。"清高士奇《玉蝴蝶》:"吴宫宋苑,燕垒空梁。"画壁:绘有图画的墙壁。

③诸天:佛教语,指护法众天神。佛经言欲界有六天,色界之四禅有十八天,无色界之四处有四天,其他尚有日天、月天、韦驮天等诸天神,总称之曰诸天。花雨:佛教语。诸天为赞叹佛说法之功德而散花如雨。《仁王经·序品》:"时无色界雨诸香华,香如须弥,华如车轮。"后用为赞颂高僧颂扬佛法

之词。幽关：深邃的关隘，紧闭的关门。

④篆香：犹盘香。清梵：谓僧尼诵经的声音。南朝梁王僧孺《初夜文》："大招离垢之宾，广集应真之侣，清梵含吐，一唱三叹。"

⑤蛱蝶：蝴蝶。帘影：阳光照射门帘、窗帘投下的影子。宋周密《西江月·延祥观拒霜拟稼轩》："迷香双碟下庭心，一行惜惜帘影。"

# 又 古北口[①]

　　杨柳千条送马蹄[②]，北来征雁旧南飞，客中谁与换春衣[③]。

　　终古闲情归落照[④]，一春幽梦逐游丝[⑤]。信回刚道别多时。

【笺注】

①古北口：长城隘口之一。在北京密云东北，为古代军事要地。据徐乾学所作纳兰墓志铭，词人曾侍从康熙巡幸口外。

②杨柳千条送马蹄：南朝陈江总《折杨柳》："万里音尘绝，千条杨柳结。"唐孟郊《古离别》："杨柳织别愁，千条万条丝。"

③换春衣：冬天过去，换上春天穿的衣服。宋陆游《闻雁》："过尽梅花把酒稀，熏笼香冷换春衣。"

④终古：往昔，自古以来。《楚辞·九章·哀郢》："去终古之所居兮，今逍遥而来东。"南朝梁刘勰《文心雕龙·时序》："终古虽远，旷焉如面。"落照：夕阳的余晖。

⑤一春幽梦：春天里隐约恍惚的梦境。宋赵彦端《秦楼月

·咏睡香》：“一春幽梦，与君相续。”游丝：指虫类吐的飘荡在空中的丝。明汤显祖《牡丹亭·惊梦》：“袅晴丝，吹来闲亭院，摇漾春如线。”

# 又

凤髻抛残秋草生①,高梧湿月冷无声②,当时七夕记深盟③。

信得羽衣传钿合④,悔教罗袜葬倾城⑤。人间空唱雨淋铃⑥。

【笺注】

①凤髻:古时妇女的一种发型。唐宇文氏《妆台记》:"周文王于髻上加珠翠翘花,傅之铅粉,其髻高名曰凤髻。"唐杜牧《为人题赠二首》之一:"和簪抛凤髻,将泪入鸳衾。"秋草:唐白居易《长恨歌》:"西宫南内多秋草,落叶满阶红不扫。"

②高梧湿月:唐温庭筠《织锦词》:"丁东细漏侵琼瑟,影转高梧月初出。"冷无声:宋姜夔《扬州慢》:"二十四桥仍在,波心荡、冷月无声。"

③当时七夕记深盟:唐陈鸿《长恨歌传》:"玉妃茫然退立,若有所思,徐而言曰:昔天宝十载,侍辇避暑于骊山宫。秋七月,牵牛织女相见之夕,秦人风俗,是夜张锦绣、陈饮食、树瓜华,焚香于庭,号为乞巧。宫掖间尤尚之。时夜殆

半,休侍卫于东西厢,独侍上。上凭肩而立,因仰天感牛女事,密相誓心,愿世世为夫妇。"此即为唐白居易《长恨歌》:"七月七日长生殿,夜半无人私语时。在天愿为比翼鸟,在地愿做连理枝。"

④羽衣:道士的代称。《长恨歌传》载,适有道士自蜀来,知上心念杨妃如是,自言有李少君之术。玄宗大喜,命致其神。方士乃竭其术以索之,不至。又能游神驭气,出天界,没地府以求之,不见。又旁求四虚上下,东极天海,跨蓬壶。见最高仙山,上多楼阙,西厢下有洞户,东向,阖其门,署曰"玉妃太真院"。方士抽簪扣扉,有双鬟童女,出应其门。方士造次未及言,而双鬟复入。俄有碧衣侍女又至。诘其所从。方士因称唐天子使者,且致其命。碧衣云:"玉妃方寝,请少待之。"于时云海沉沉,洞天日晓,琼户重阖,悄然无声。方士屏息敛足,拱手门下。久之,而碧衣延入,且曰:"玉妃出。"见一人冠金莲,披紫绡,佩红玉,曳凤舄,左右侍者七八人,揖方士,问皇帝安否,次问天宝十四载以还事。言讫,悯然。指碧衣女取金钗钿合,各析其半,授使者曰:"为我谢太上皇,谨献是物,寻旧好也。"

⑤罗袜:丝罗制成的袜。《乐史·杨太真外传》卷下:"妃子死日,马嵬媪得锦袎袜一只,相传过客一玩百钱,前后获钱无数。"倾城:旧以形容女子极其美丽。《诗·大雅·瞻卬》:"哲夫成城,哲妇倾城。"郑玄笺:"城,犹国也。"

⑥雨淋铃:雨霖铃。唐教坊曲名。唐郑处诲《明皇杂录补遗》:"明皇既幸蜀,西南行初入斜谷,属霖雨涉旬,于栈道雨中闻铃,音与山相应。上既悼念贵妃,采其声为《雨霖铃》曲,以寄恨焉。"

## 又

败叶填溪水已冰,夕阳犹照短长亭①,何年废寺失题名。

倚马客临碑上字②,斗鸡人拨佛前灯③。净消尘土礼金经④。

【笺注】

①短长亭:短亭和长亭的并称。旧时城外大道旁,五里设短亭,十里设长亭,为行人休憩或送行饯别之所。北周庾信《哀江南赋》:"十里五里,长亭短亭。"

②倚马:靠在马身上。南朝宋刘义庆《世说新语·文学》:"桓宣武北征,袁虎时从,被责免官。会须露布文,唤袁倚马前令作。手不辍笔,俄得七纸,绝可观。"形容才思敏捷。

③斗鸡人:据唐代《东城父老传》,唐玄宗喜好斗鸡,元宵节和清明节时,贾昌至骊山为唐玄宗表演斗鸡。深得玄宗宠爱。贾昌所受的待遇让文人看不惯,便写了不少讽刺诗。安史之乱爆发,唐玄宗逃亡蜀地,贾昌失去靠山,隐姓埋名寄居在一寺院,家中的巨额财富被乱兵所劫。等时局稳定后,贾昌便

出家为僧。

④礼金经：指礼敬佛学经籍。此句在道光十二年刻行的汪元治编《纳兰词》作"劳劳尘世几时醒。"

## 又　庚申除夜[①]

收取闲心冷处浓[②],舞裙犹忆柘枝红[③],谁家刻烛待春风[④]?

竹叶樽空翻彩燕[⑤],九枝灯炧颤金虫[⑥]。风流端合倚天公[⑦]。

【笺注】

①庚申除夜:康熙十九年(1680)除夕之夜。

②冷处浓:明王彦泓《寒词》:"个人真与梅花似,一日幽香冷处浓。"

③柘(zhè)枝:柘枝舞,唐代西北民族舞蹈,自西域石国传来。最初为女子独舞,舞姿矫健,节奏多变,大多以鼓伴奏。后来有双人舞,名《双柘枝》。又有二女童藏于莲花形道具中,花瓣开放,出而对舞,女童帽施金铃,舞时转动作声。宋时发展为多人队舞。

④刻烛:古人刻度数于烛,烧以计时。《南史·王僧孺传》:"竟陵王子良尝夜集学士,刻烛为诗,四韵者则刻一寸,以此为率。文琰曰:'顿烧一寸烛,而成四韵诗,何难之有。'"

⑤竹叶:竹叶青酒。晋张华《轻薄篇》:"苍梧竹叶清,

宜城九酝醛。"彩燕：旧俗，立春日剪彩绸为燕饰于头部。南朝梁宗懔《荆楚岁时记》："立春日悉剪彩为燕以戴之，帖'宜春'二字。"

⑥九枝：谓一干九枝的烛灯。泛指一干多枝的灯。南朝梁沈约《伤美人赋》："拂螭云之高帐，陈九枝之华烛。"金虫：妇女首饰。五代蜀顾敻《酒泉子》："金虫玉燕，锁香奁，恨厌厌。"

⑦端合：应当，应该。

## 又

万里阴山万里沙,谁将绿鬓斗霜华①,年来强半在天涯②。

魂梦不离金屈戍,画图亲展玉鸦叉③。生怜瘦减一分花④。

【笺注】

①绿鬓:乌黑发亮的鬓发。宋晏殊《少年游》:"绿鬓朱颜,道家装束,长似少年时。"霜华:霜花。喻指白色须发。宋秦观《蝶恋花》:"何事霜华催鬓老,把杯独对嫦娥笑。"

②强半:大半,过半。宋苏轼《满庭芳》:"百年强半,来日苦无多。"

③金屈戍:门窗上铜制的环钮。玉鸦叉:玉制的叉子。唐李商隐《病中闻河东公乐营置酒口占寄上》:"锁门金了鸟,展幛玉鸦叉。"清翟灏《通俗编》"了鸟":此了鸟即屈戍,悬著门户间,以备扣锁。

④生怜:犹可怜。一分:一点儿,少量。明汤显祖《牡丹亭》第十回出"写真":"这是春梦暗随三月景,晓寒瘦减一分花。"

# 又

肠断班骓去未还[1]，绣屏深锁凤箫寒[2]，一春幽梦有无间。

逗雨疏花浓淡改[3]，关心芳草浅深难[4]。不成风月转摧残[5]。

【笺注】

①班骓（zhuī）：班，通"斑"，杂色，亦指杂色斑点或斑纹。班骓，指毛色青白相杂的骏马，古人常以之代指心上人所骑的马。宋范成大《斑骓》："斑骓别后月纤纤，门外疏桐影画帘。留下可怜将不去，西风吹上两眉尖。"

②绣屏深锁：明末清初沈谦《前调·友人纳姬戏赠》："玉帘不卷，翠屏深锁，花气著人如醉。"凤箫：即排箫。比竹为之，参差如凤翼，故名。唐沈佺期《凤箫曲》："昔时嬴女厌世纷，学吹凤箫乘彩云。"这里指箫声。宋辛弃疾《江神子·和人韵》："绣阁香浓，深锁凤箫声。"

③逗雨疏花：宋张先《山亭宴慢·有美堂赠彦猷主人》："天意送芳菲，正齇淡、疏烟逗雨。"浓淡改：花色由浓而淡，时光流逝。明王彦泓《宾于席上徐霞话旧》："时世妆梳浓淡

改,儿郎情境浅深知。"

④芳草:《楚辞·招隐士》:"王孙游兮不归,芳草生兮萋萋。"晋陆机《拟庭中有奇树诗》:"芳草久已茂,佳人竟不归。"宋张先《熙州慢·赠述古》:"离情尽寄芳草。"

⑤不成:助词。用于句首,表示反诘。

# 又

容易浓香近画屏,繁枝影著半窗横①,风波狭路倍怜卿②。

未接语言犹怅望③,才通商略已瞢腾④。只嫌今夜月偏明。

【笺注】

①繁枝影著半窗横:宋范成大《卜算子》:"冷蕊疏枝半不禁,更著横窗影。"

②风波:比喻动荡不定或艰辛劳苦。《庄子·天地》:"天下之非誉,无益损焉,是谓全德之人哉!我之谓风波之民。"成玄英疏:"夫水性虽澄,逢风波起,我心不定,类彼波澜,故谓之风波之民也。"明王彦泓《代所思别后》:"风波狭路惊团扇,风月空庭泣浣衣。"

③未接语言:明王彦泓《和端己韵》:"未接语言当面笑,暂同行坐凤生缘。"

④才高商略:明王彦泓《赋得别梦依依到谢家》:"今日眼波微动处,半通商略半矜持。"瞢(méng)腾:形容模模糊糊,神志不清。

# 又

抛却无端恨转长①,慈云稽首返生香②,妙莲花说试推详③。

但是有情皆满愿④,更从何处着思量。篆烟残烛并回肠。

【笺注】

①无端:引申指无因由,无缘无故。《楚辞·九辩》:"蹇充倔而无端兮,泊莽莽而无垠。"王逸注:"媒理断绝,无因缘也。"

②慈云:佛教语。比喻慈悲心怀如云之广被世界、众生。稽首:古时一种跪拜礼,叩头至地,是九拜中最恭敬者。返生香:传说中能令死人复活的一种香。《太平御览》卷九五二引《十洲记》:"聚窟洲中,申未地上,有大树,与枫木相似,而华叶香闻数百里,名为返魂树。于玉釜中煮取汁,如黑粘,名之为返生香。香气闻数百里,死尸在地,闻气乃活。"

③妙莲花:这里指《妙法莲华经》。推详:推究审察。

④但是有情皆满愿:明王彦泓《和于氏诸子秋词》:"但是有情皆满愿,妙莲花说不荒唐。"

# 又 小兀喇[1]

桦屋鱼衣柳作城[2],蛟龙鳞动浪花腥,飞扬应逐海东青[3]。

犹记当年军垒迹[4],不知何处梵钟声。莫将兴废话分明。

【笺注】

①兀喇:在今吉林省吉林市。有大、小兀喇之分,大兀喇为今吉林市之乌拉街;小兀喇未详其址,大约在附近。此地原为词人先祖叶赫部的领地。

②桦屋:以桦木筑屋。鱼衣:以鱼皮制衣。清高士奇《冬训日录》:"驻跸大乌喇虞村……山多黑松林,结松子甚巨。土产人参,水出北珠,江有鲟鱼,禽有鹰鹘、海东青之属。乌稽人间有以大鱼皮为衣者。"柳作城:柳条边。清初顺治年间开始分段修筑,至康熙中陆续完成的一条柳条篱笆。也称盛京边墙、柳墙、柳城、条子边。南起今辽宁凤城南,东北经新宾东折西北至开原北,又折而西南至山海关北接长城,名为"老边"。自开原东北至今吉林市北,名为"新边"。初设边门二十一,后减为二十。每门常驻官兵各数十人,稽察出入。清魏

源《圣武记》卷六："盛京吉林，则以柳条结边为界，柳条边依内外兴安岭而建。"

③海东青：一种凶猛而珍贵的鸟，属雕类，产于黑龙江下游及附近海岛。宋庄季裕《鸡肋编》卷下："鸷禽来自海东，唯青鹘（jiāo）最嘉，故号海东青。"

④当年军垒迹：词人先世叶赫部位明海西女真四部之一。诸部之间多有攻伐杀戮，明万历四十七年（1619），叶赫部被建州女真首领努尔哈赤率军打败，并入建州女真。当年的军垒遗迹，当为小兀喇一带的战场故地。

# 又 姜女祠[①]

　　海色残阳影断霓[②]，寒涛日夜女郎祠，翠钿尘网上蛛丝。

　　澄海楼高空极目[③]，望夫石在且留题[④]。六王如梦祖龙非[⑤]。

【笺注】

①姜女祠：在山海关欢喜岭以东凤凰山上。此庙据"孟姜女哭长城"之传说而建，相传始建于宋，明代重修，至今犹存。

②断霓：断虹。宋苏过《飓风赋》："断霓饮海而北指，赤云夹日而南翔，此飓之渐也。"

③澄海楼：楼名。在河北省旧临榆县南宁海城上，明兵部主事王致中建。

④望夫石：古迹名。各地多有，均属民间传说，谓妇人伫立望夫日久化而为石。在姜女庙主殿后，为一巨石，上刻有"望夫石"三字。相传为孟姜女望夫之处。

⑤六王：指战国齐、楚、燕、韩、魏、赵六国之王。祖龙：指秦始皇。《史记·秦始皇本纪》："（三十六年）秋，使

者从关东夜过华阴平舒道,有人持璧遮使者曰:'为吾遗滈池(即镐池,古池名,在西周镐京,今陕西省西安丰镐村一带。池水经由滈水,北注入渭。唐以后湮废。滈池君,水神名)君。'因言曰:'今年祖龙死。'"裴骃集解引苏林曰:"祖,始也;龙,人君象。谓始皇也。"

# 又

旋拂轻容写洛神①,须知浅笑是深颦②,十分天与可怜春。

掩抑薄寒施软障③,抱持纤影藉芳茵④。未能无意下香尘⑤。

【笺注】

①轻容:薄纱名。宋周密《齐东野语·轻容方空》:"纱之至轻者,有所谓轻容,出唐《类苑》云:'轻容,无花薄纱也。'"这里指用于绘画的素绢。洛神:传说中的洛水女神,即宓妃。后诗文中常用以指代美女。

②浅笑是深颦:古诗词中"浅笑"和"微(轻)颦"常联用,词人此句反其意而用之。宋辛弃疾《浣溪沙·赠子文侍人名笑笑》:"歌欲颦时还浅笑,醉逢笑处还轻颦。宜颦宜笑越精神。"明祝允明《忆青娥》:"云窗梦破十年春,浅笑深颦隔一春。"

③掩抑:遮盖,遮挡。软障:即幛子。古代用作画轴。

④芳茵:茂美的草地。

⑤香尘:芳香之尘,多指女子之步履而起者。晋王嘉《拾

遗记·晋时事》:"(石崇)又屑沉水之香如尘末,布象床上,使所爱者践之。"宋晏几道《两同心》:"拾翠处、闲随流水,踏青路、暗惹香尘。"

# 又

十二红帘窣地深①,才移刬袜又沉吟②,晚晴天气惜轻阴。

珠祋佩囊三合字③,宝钗拢髻两分心④。定缘何事湿兰襟。

【笺注】

①十二红帘:一说为十二个红帘。宋吴文英《喜迁莺·吴江与闲堂王腥庵家》:"万顷素云遮断,十二红帘钩处。"一说十二红小太平鸟的别称。候鸟的一种,体形近似太平鸟而稍小,尾羽末端红色,故名。十二红帘,即绘有太平鸟的帘子。明杨基《十二红图》:"何处飞来十二红,万年枝上立东风。楚王宫殿皆零落,说尽春愁暮雨中。"窣(sū):下垂。

②刬(chǎn)袜:只穿着袜子着地。南唐李煜《菩萨蛮·花明月暗笼轻雾》:"刬袜步香阶,手提金缕鞋。"

③珠祋(jié):缀珠的裙带。三合字:古时男女情侣所佩香囊成双,香囊上各绣三个半边字,合在一起则组成三个完整的字。宋高观国《思佳客》:"同心罗帕轻藏素,合字香囊半影金。"

④两分心:古时待字闺中的少女多梳双髻,自头发中间分开,左右各一。

## 又　红桥怀古和王阮亭韵[1]

无恙年年汴水流[2]，一声水调短亭秋[3]，旧时明月照扬州。

曾是长堤牵锦缆[4]，绿杨清瘦至今愁[5]，玉钩斜路近迷楼[6]。

【笺注】

①红桥：桥名，在江苏省扬州市。明崇祯时建，为扬州游览胜地之一。王阮亭：王士禛，清代文学家，字贻上，号阮亭。王士禛与顺治十七年（1660）至康熙二年（1663）任扬州推官。期间，王士禛曾撰写《红桥游记》，文中记载："游人登平山堂，率至法海寺，舍舟而陆径，必出红桥下。桥四面触皆人家荷塘。六七月间，菡萏作花，香闻数里，青帘白舫，络绎如织，良谓胜游矣。予数往来北郭，必过红桥，顾而乐之。登桥四望，忽复徘徊感叹。当哀乐之交乘于中，往往不能自喻其故。王谢冶城之语，景晏牛山之悲，今之视昔，亦有怨耶！壬寅季夏（康熙元年，1662）之望，与箨庵、茶村、伯矶诸子偶然漾舟，酒阑兴极，援笔成小词二章，诸子倚而和之。"康熙二十三年（1684），词人随驾南巡之扬州，撰成此词。

②汴水：即通济渠，古运河名。隋大业元年开，分东西两段：西段起自东都洛阳西苑引谷、洛水，贯洛阳城东出循阳渠故道至偃师入洛，由洛水入黄河；东段起自板渚引黄河水东行汴水故道，至今开封市别汴水而东南流。唐白居易《长相思》："汴水流，泗水刘，流到瓜州古渡头。吴山点点愁。"

③水调：曲调名。明胡震亨《唐音癸签·乐通二》："《海录碎事》云：'隋炀帝开汴河，自造《水调》。'按，《水调》及《新水调》，并商调曲也。唐曲凡十一叠，前五叠为歌，后六叠为入破。"唐杜牧《扬州》："谁家歌水调，明月满扬州。"

④长堤：隋堤。隋炀帝时沿通济渠、邗沟河岸修筑的御道，道旁植杨柳，后人谓之隋堤。锦缆：锦制的缆绳，精美的缆绳。唐杜牧《汴河怀古》："锦缆龙舟隋炀帝。"

⑤绿杨：清曹贞吉《浣溪沙·步阮亭红桥韵》之一："绿杨深处见红桥。"之二："玉树歌来犹有恨，锦帆牵去已无愁。"

⑥玉钩斜：古代著名游宴地，相传为隋炀帝葬宫人处。后泛指葬宫人处。迷楼：隋炀帝所建楼名，故址在今江苏省扬州市西北。唐冯贽《南部烟花记·迷楼》："迷楼凡役夫数万，经岁而成。楼阁高下，轩窗掩映，幽房曲室，玉栏朱楯，互相连属。帝大喜，顾左右曰：'使真仙游其中，亦当自迷也。'故云。"

# 又　寄严荪友[①]

藕荡桥边理钓筒[②],苎萝西去五湖东[③],笔床茶灶太从容[④]。

况有短墙银杏雨,更兼高阁玉兰风[⑤]。画眉闲了画芙蓉[⑥]。

【笺注】

①严荪友:即严绳孙。

②藕荡桥:此桥位于严绳孙无锡西洋溪宅第附近,故严绳孙以此自号藕荡渔人。钓筒:置在水里捕鱼的竹器,口小而腹大,鱼进去即不得出。宋陆游《长相思》:"身在千重云水中,明月收钓筒。"

③苎萝:山名,在浙江诸暨,春秋时美女西施即出自苎萝山。五湖:太湖及附近四湖。汉赵晔《吴越春秋·夫差内传》:"入五湖之中。"徐天佑注引韦昭曰:"胥湖、蠡湖、洮湖、滆湖,就太湖而五。"北魏郦道元《水经注·沔水二》:"南江东注于具区,谓之五湖口。五湖谓长荡湖、太湖、射湖、贵湖、滆湖也。"春秋时范蠡辅佐越王灭吴国,功成身退,携西施泛舟于五湖。

④笔床：卧置毛笔的器具。茶灶：烹茶的小炉灶。《新唐书·隐逸传·陆龟蒙》："不乘马，升舟设篷席，赍束书、茶灶、笔床、钓具往来，时谓江湖散人。"宋陆游《洞庭春色》："且钓竿渔艇，笔床茶灶，闲听荷雨，一洗衣尘。"

⑤银杏雨、玉兰风：清严绳孙《望江南》："春欲尽，昨夜画楼东。暗绿扑帘银杏雨，昏黄扶袖玉兰风，人在小窗中。"

⑥画眉：以黛描饰眉毛。《汉书·张敞传》："敞无威仪……又为妇画眉，长安中传张京兆眉怃。有司以奏敞。上问之，对曰：'臣闻闺房之内，夫妇之私，有过于画眉者。'"芙蓉：这里用来形容美人面容的姣好。唐白居易《长恨歌》："芙蓉如面柳如眉，对此如何不泪垂。"明姚绶《折枝芙蓉》："芙蓉花似人面，柳眉不在秋时见。墨池为尔闲写生，鸳鸯所合长生殿。"

\*此词补遗自《今词初集》，顾贞观、纳兰性德编，康熙十七年刻本。

# 又

锦样年华水样流,鲛珠迸落更难收[1],病余常是怯梳头[2]。

一径绿云修竹怨,半窗红日落花愁。憎憎只是下帘钩[3]。

【笺注】

[1]鲛珠:神话传说中鲛人泪珠所化的珍珠。比喻泪珠。宋刘辰翁《宝鼎现》:"又说向、灯前拥髻,暗滴鲛珠坠。"

[2]怯梳头:时光流逝,初愈体弱,梳头会见掉发,徒生悲慨,因而内心生怯。宋周邦彦《南乡子》:"早起怯梳头,欲绾云鬟又却休。"

[3]憎憎:柔弱貌。

*此词补遗自《纳兰词》,许增编,清光绪六年娱园刻本。

# 又

肯把离情容易看,要从容易见艰难[1],难抛往事一般般[2]。

今夜灯前形共影[3],枕函虚置翠衾单。更无人与共春寒。

【笺注】

[1]离情容易看、见艰难:宋晏殊《玉楼春》:"年少抛人容易去。楼头残梦五更钟,花底离情三月雨。"

[2]般般:犹种种,样样,件件。

[3]形共影:灯下只有形影为伴,谓孤单。宋陆游《书巢冬夜待旦》:"风霜渐逼岁时晚,形影相依灯火明。"

\* 此词补遗自《纳兰词》,许增编,清光绪六年娱园刻本。

## 又

一半残阳下小楼，朱帘斜控软金钩①，倚阑无绪不能愁②。

有个盈盈骑马过③，薄妆浅黛亦风流④。见人羞涩却回头⑤。

【笺注】

①朱帘：红色帘子。元奥敦周卿《南吕·一枝花》："人寂静门初掩，控金钩垂绣帘。"

②无绪：没有情绪。

③盈盈：仪态美好貌。盈，通"嬴"。《文选·古诗〈青青河畔草〉》："盈盈楼上女，皎皎当窗牖。"李善注："《广雅》曰：'嬴，容也。''盈'与'嬴'同。"这里借指女子。

④薄妆：淡妆。浅黛：描画浅眉。宋贺铸《题醉袖》："浅黛宜颦，明波欲溜。"

⑤见人羞涩却回头：宋李清照《点绛唇》："见有人来，袜刬金钗溜，和羞走。倚门回首，却把青梅嗅。"

*此词补遗自《昭代词选》卷九，蒋重光编，清乾隆三十二年经锄堂刻本。

## 又

已惯天涯莫浪愁①,寒云衰草渐成秋,漫因睡起又登楼。

伴我萧萧惟代马②,笑人寂寂有牵牛③,劳人只合一生休。

【笺注】

①浪愁：空愁，无谓的忧愁。

②萧萧：这里形容凄清寒冷。马叫之声亦可，一语双关。《诗经·小雅·车攻》："萧萧马鸣，悠悠旆旌。"代马：古时代郡之地所产的良马。唐李白《豫章行》："胡风吹代马，北拥鲁阳光。"

③寂寂：孤单、冷清。汉秦嘉言《赠妇诗》："寂寄独居，寥寥空室。"唐李商隐《马嵬》诗中有"当时七夕笑牵牛"一句，《戏韩同本西迎家室戏赠》有"天河迢递笑牵牛"一句，词人在这里反其意而用之，极写行役在外的"劳人"不能阖家团聚。

\* 此词补遗自《纳兰词》，许增编，清光绪六年娱园刻本。

## 浣溪沙　郊游联句[①]

出郭寻春春已阑（陈维崧），东风吹面不成寒（秦松龄）。青村几曲到西山（严绳孙）。

并马未须愁路远（姜宸英），看花且莫放杯闲（朱彝尊）。人生别易会常难（成德）。

【笺注】

①联句：作诗方式之一。由两人或多人各成一句或几句，合而成篇。旧传始于汉武帝和诸臣合作的《柏梁诗》。南朝梁刘勰《文心雕龙·明诗》："回文所兴，则道原为始；联句共韵，则《柏梁》余制。"

＊本词补遗自《词人纳兰容若手简》，朱彝尊，上海图书馆1961年影印。

## 风流子　秋郊即事

平原草枯矣，重阳后，黄叶树骚骚①。记玉勒青丝②，落花时节，曾逢拾翠③，忽听吹箫。今来是，烧痕残碧尽，霜影乱红凋。秋水映空，寒烟如织，皂雕飞处④，天惨云高。

人生须行乐，君知否？容易两鬓萧萧⑤。自与东君作别⑥，划地无聊⑦。算功名何许，此身博得，短衣射虎⑧，沽酒西郊⑨。便向夕阳影里，倚马挥毫⑩。

【笺注】

①骚骚：象声词。风吹树木声。

②玉勒：玉饰的马衔。青丝：指马缰绳。南朝梁王僧孺《古意》："青丝控燕马，紫艾饰吴刀。"

③拾翠：拾取翠鸟羽毛以为首饰。后多指妇女游春。三国魏曹植《洛神赋》："或采明珠，或拾翠羽。"

④皂雕：一种黑色大型猛禽。宋黄庭坚《和曹子方杂

言》:"一矢射落皂雕落,张侯犹思在戎行。"

⑤萧萧:稀疏。宋贺铸《减字木兰花》:"簪花照镜,客鬓萧萧都不整。"

⑥东君:司春之神。宋何梦桂《喜迁莺·感春》:"东君别后。见说道花枝,也成清瘦。"

⑦刬(chǎn)地:依旧,照样。

⑧短衣射虎:唐杜甫《曲江》:"短衣匹马随李广,看射猛虎终残年。"《史记·李将军列传》:"广所居郡,闻有虎,尝自射之。及居右北平,射虎,虎腾伤广,广亦竟射杀之。"形容英雄气概、英勇豪迈。

⑨沽酒:买酒。

⑩倚马:南朝宋刘义庆《世说新语·文学》:"桓玄武北征,袁宏时从,被责免官。会须露布,唤袁倚马前,令作。手不辍笔,俄得七纸,殊可观。"挥毫:运笔。谓书写或绘画。宋吴文英《高阳台·寿毛荷塘》:"风月襟怀,挥毫倚马成章。"

# 画堂春

一生一代一双人①,争教两处销魂②。相思相望不相亲③,天为谁春?浆向蓝桥易乞④,药成碧海难奔⑤。若容相访饮牛津⑥,相对忘贫。

【笺注】

①一生一代一双人:唐骆宾王《代女道士王灵妃赠道士李荣》:"相怜相念倍相亲,一生一代一双人。"

②争教:怎教。

③相思相望不相亲:唐王勃《寒夜怀友杂体》:"故人故情怀故宴,相望相思不相见。"

④蓝桥:桥名,在陕西省蓝田县东南蓝溪之上。相传其地有仙窟,为唐裴航遇仙女云英处。《太平广记》卷十五引裴铏《传奇·裴航》载,裴航从鄂渚回京途中,与樊夫人同舟,裴航赠诗致情意,后樊夫人答诗云:"一饮琼浆百感生,玄霜捣尽见云英。蓝桥便是神仙窟,何必崎岖上玉清。"后于蓝桥驿因求水喝,得遇云英,裴航向其母求婚,其母曰:"君约取此女者,得玉杵臼,吾当与之也。"后裴航终于寻得玉杵臼,遂

成婚，双双仙去。后常用作男女约会之处。

⑤药成碧海难奔：唐李商隐《嫦娥》："嫦娥应悔偷灵药，碧海青天夜夜心。"《淮南子·览冥训》："羿请不死之药于西王母，姮娥窃之，奔月宫。"高诱注："姮娥，羿妻，羿请不死之药于西王母，未及服之。姮娥盗食之，得仙。奔入月宫，为月精。"

⑥牛津：天河。晋张华《博物志》："旧说云：天河与海通，近世有人居海诸者，年年八月，有浮槎来去，不失期。人有奇志，立飞阁于槎上，多资粮，乘槎而去。至一处，有城郭状，屋舍甚严，遥望宫中多织妇，见一丈夫牵牛诸次饮之，此人问此何处，答曰：'君还至蜀郡问严君平则知之。'"

## 蝶恋花

辛苦最怜天上月,一昔如环①,昔昔都成玦②。若似月轮终皎洁③,不辞冰雪为卿热④。

无那尘缘容易绝,燕子依然,软踏帘钩说⑤。唱罢秋坟愁未歇⑥,春丛认取双栖蝶⑦。

【笺注】

①一昔:一夜。

②玦(jué):古时佩带的玉器,环形,有缺口。

③终皎洁:南朝宋谢灵运《怨晓月赋》:"浮云褰兮收泛滟,明舒照兮殊皎洁。"

④不辞冰雪为卿热:典出《世说新语》:"荀奉倩妇病,乃出庭中,自取冷还,以身慰之。"

⑤踏帘钩:唐李贺《贾公闾贵婿曲》:"燕语踏帘钩,日虹屏中碧。"清万廷仕《武陵春·春怨》:"和雨和烟双燕子,细语踏帘钩。"

⑥唱罢秋坟:李贺《秋来》:"秋坟鬼唱鲍家诗,恨血千

年土中碧。"愁未歇：宋仇远《西江月》："折柳新愁未歇，落梅旧梦谁圆。"

⑦双栖蝶：《山堂肆考》载，民间传说蝴蝶必定成双，为梁山伯、祝英台所化，一说是韩凭夫妇的魂魄。

## 又

眼底风光留不住①,和暖和香,又上雕鞍去②。欲倩烟丝遮别路,垂杨那是相思树。

惆怅玉颜成闲阻③,何事东风,不作繁华主④。断带依然留乞句⑤,斑骓一系无寻处。

【笺注】

①眼底风光留不住:宋辛弃疾《蝶恋花·继杨济翁韵饯范南伯知县归京城》:"有底风光留不住,烟波万倾春江橹"。

②雕鞍:刻饰花纹的马鞍,华美的马鞍,此处借指宝马。明王彦泓《骊歌二叠》:"怜君辜负晓衾寒,和暖和香上马鞍。"

③闲阻:阻隔。

④繁华:宋晏几道《踏莎行》:"柳上烟归,池南雪尽。东风渐有,繁华信。"

⑤断带:割断了的衣带。唐李商隐《柳枝词序》所叙故

事，序云：商隐从弟李让山遇洛中里女子柳枝，诵商隐《燕台诗》，"柳枝惊问：'谁人有此，谁人为是？'让山谓曰：'此吾里中少年叔耳。'柳枝手断长带，结让山为赠叔，乞诗。"

## 又 散花楼送客

城上清笳城下杵,秋尽离人,此际心偏苦。刀尺又催天又暮①,一声吹冷蒹葭浦②。

把酒留君君不住,莫被寒云,遮断君行处。行宿黄茅山店路③,夕阳村社迎神鼓④。

【笺注】

①刀尺:剪刀和尺。裁剪工具,这里指服装的制作。唐杜甫《秋兴》诗之一:"寒衣处处催刀尺,白帝城高急暮砧。"

②蒹葭:《诗·秦风·蒹葭》:"蒹葭苍苍,白露为霜。所谓伊人,在水一方。"本指在水边怀念故人,后以泛指思念异地友人。

③黄茅山店:荒野郊外的店家。

④村社、神鼓:村中社日,这里指秋社之日。农事结束,立社以祀土地神,鸣奏鼓乐。宋辛弃疾《沁园春·答余叔良》:"被西风吹尽,村箫社鼓,青山留得,松盖云旗。"

# 又

　　准拟春来消寂寞①，愁雨愁风，翻把春担阁②。不为伤春情绪恶，为怜镜里颜非昨。

　　毕竟春光谁领略，九陌缁尘③，抵死遮云壑④。若得寻春终遂约，不成长负东君诺⑤。

【笺注】

①准拟：料想，希望。

②翻：反而。担阁：亦作"耽阁"。

③九陌：汉长安城中的九条大道。《三辅黄图·长安八街九陌》："《三辅旧事》云：长安城中八街，九陌。"缁尘：黑色灰尘，常喻世俗污垢。南朝齐谢朓《酬王晋安》："谁能久京洛，缁尘染素衣。"

④抵死：冒死，至死。云壑：云气遮覆的山谷。这里指幽静隐居处。宋王禹偁《酬种放征君一百韵》："侧闻种先生，终南卧云壑。"

⑤不成：不可以。东君：此处指司春之神。

## 又

又到绿杨曾折处,不语垂鞭①,踏遍清秋路②。衰草连天无意绪,雁声远向萧关去③。

不恨天涯行役苦,只恨西风,吹梦成今古④。明日客程还几许,沾衣况是新寒雨⑤!

【笺注】

①不语垂鞭:唐温庭筠《赠知音》:"景阳宫里钟初动,不语垂鞭上柳堤。"

②踏遍清秋路:唐李贺《马诗》:"何当金络脑,快走踏清秋。"

③萧关:古关名。故址在今宁夏固原东南,为自关中通向塞北的交通要冲。《汉书·武帝纪》:"(元封四年冬十月)通回中道,遂北出萧关。"颜师古注引如淳曰:"《匈奴传》:'入朝郍萧关',萧关在安定朝郍县也。"

④只恨西风,吹梦成今古:宋毛滂《七娘子·舟中早

秋》：“云外长安，斜晖脉脉。西风吹梦来无迹。”

⑤沾衣：南朝梁吴均《杂绝句四首》之一：“昼蝉已伤念，夜露复沾衣。”

## 又

萧瑟兰成看老去①,为怕多情②,不作怜花句。阁泪倚花愁不语③,暗香飘尽知何处?

重到旧时明月路④,袖口香寒⑤,心比秋莲苦⑥。休说生生花里住,惜花人去花无主⑦。

【笺注】

①萧瑟:凄凉。兰成:北周庾信的小字。唐陆龟蒙《小名录》:"庾信幼而俊迈,聪敏绝伦,有天竺僧呼信为兰成,因以为小字。"唐杜甫《咏怀古迹五首》之一:"庾信平生最萧瑟,暮年诗赋动江关。"清浦起龙《读杜心解》:"《庾信传》:信在周,虽位望通显,常有乡关之思,乃作《哀江南赋》以致其意,其辞曰:'信年始二毛,即逢丧乱,藐是乱离,至于没齿。燕歌远别,悲不自胜;楚老相逢,泣将何及?'"

②为怕多情:宋柳永《归去来》:"一夜狂风雨,花英坠、碎红无数。垂杨漫结黄金缕。尽春残、萦不住。""多情不惯相思苦。休惆怅、好归去。"

③阁泪：含着眼泪。

④旧时明月：宋毛滂《踏莎行·追往事》："碧云无信失秦楼，旧时明月犹相照。"

⑤袖口香寒：宋晏几道《西江月》："醉帽檐头风细，征山袖口香寒。"

⑥秋莲：荷花。因于秋季结莲，故称。宋晏几道《生查子》："遗恨几时休，心抵秋莲苦。"

⑦惜花人去花无主：宋王炎《念奴娇·海棠时过江潭》："惜花无主，自怜身是行客。"

# 又

露下庭柯蝉响歇①,纱碧如烟②,烟里玲珑月③。并著香肩无可说,樱桃暗解丁香结④。

笑卷轻衫鱼子缬⑤,试扑流萤⑥,惊起双栖蝶。瘦断玉腰沾粉叶⑦,人生那不相思绝。

【笺注】

①庭柯:庭园中的树木。宋张先《南歌子》:"蝉抱高高柳,莲开浅浅波。倚风疏叶下庭柯。"

②碧纱如烟:唐李白《乌夜啼》:"机中织锦秦川女,碧纱如烟隔窗语。"

③玲珑:明彻貌。唐李白《玉阶怨》:"却下水精帘,玲珑望秋月。"

④樱桃:喻指女子小而红润的嘴。丁香结:丁香的花蕾,用以喻愁绪之郁结难解。五代前蜀牛峤《感恩多》:"自从南浦别,愁见丁香结。"

⑤鱼子缬(xié):绢织物名。

⑥流萤：飞行无定的萤烛。唐杜牧《秋夕》："银烛秋光冷画屏，轻罗小扇扑流萤。"

⑦玉腰：玉腰奴，蝴蝶的别名，指蝴蝶的身体。宋陶谷《清异录·花贼》："温庭筠尝得一句云：'蜜官金翼使。'徧干知识，无人可属。久之，自联其下曰：'花贼玉腰奴。'予以谓道尽蜂蜨。"

# 又　出塞

今古河山无定据①，画角声中，牧马频来去。满目荒凉谁可语，西风吹老丹枫树②。

从前幽怨应无数，铁马金戈，青冢黄昏路③。一往情深深几许④，深山夕照深秋雨。

【笺注】

①定据：犹凭据、定数。

②丹枫：经霜泛红的枫叶。唐李贺《大堤曲》："今日菖蒲短，明朝老枫树。"

③青冢：指汉王昭君墓。在今内蒙古自治区呼和浩特市南。传说当地多白草而此冢独青，故名。唐杜甫《咏怀古迹》之三："一去紫台连朔漠，独留青冢向黄昏。"

④一往情深：明汤显祖《牡丹亭题词》："情不知所起，一往情深，生者可以死，死者可以生。"深几许：宋欧阳修《蝶恋花》："庭院深深深几许。"

# 又

尽日惊风吹木叶,极目嵯峨①,一丈天山雪②。去去丁零愁不绝③,那堪客里还伤别。

若道客愁容易辍,除是朱颜,不共春销歇④。一纸乡书和泪折⑤,红闺此夜团圞月⑥。

【笺注】

①嵯峨:高峻的山势。宋苏轼《满庭芳》:"归去来兮,清溪无底,上有千仞嵯峨。"

②一丈天山雪:唐李端《雨雪曲》:"天山一丈雪,杂雨夜霏霏。"

③去去:谓远去。丁零:汉代匈奴属国,在匈奴以北。唐李端《雨雪曲》:"丁零苏武别,疏勒范羌归。"

④销歇:衰败消失。

⑤一纸乡书:唐孟郊《闻夜啼赠刘正元》:"愁人独有也灯见,一纸乡书泪滴穿。"

⑥团圞(luán):團欒。月圆貌。唐任华《杂言寄杜拾遗》诗:"积翠扈游花匼匝,披香寓值月团栾。"

# 河传

春残,红怨①,掩双环②。微雨花间昼闲。无言暗将红泪弹。阑珊,香销轻梦还。

斜倚画屏思往事③,皆不是④,空作相思字⑤。记当时,垂柳丝,花枝,满庭胡蝶儿。

【笺注】

①红怨:因春残花落而懊恼伤感。

②双环:门环,代指大门。

③斜倚画屏:明陆卿子《画堂春》:"香消斜倚画屏时,此恨谁知。"

④皆不是:唐温庭筠《梦江南》:"过尽千帆皆不是,斜晖脉脉水悠悠。"

⑤相思字:宋晏几道《河满子》:"良辰好景,相思字、换不归来。"宋辛弃疾《满江红》:"相思字,空盈幅。相思意,何时足。"

# 河渎神

凉月转雕阑,萧萧木叶声乾①。银灯飘落璅窗闲②,枕屏几叠秋山③。

朔风吹透青缣被④,药炉火暖初沸⑤。清漏沉沉无寐⑥,为伊判得憔悴⑦。

【笺注】

①萧萧:草木摇落之声。屈原《九歌·山鬼》:"风飒飒兮木萧萧,思公子兮徒离忧。"声乾:声音清脆响亮。唐岑参《虢州西亭陪端公宴集》:"开瓶酒色嫩,踏地叶声乾。"

②璅(suǒ)窗:璅,古同"琐"。琐窗,镂刻有连琐图案的窗棂。琐窗、朱户,在古诗词中大都写的是闺阁娇眠之处。宋晏几道《浣溪沙》:"怅恨不逢如意酒,寻思难值有情人。可怜虚度琐窗春。"

③枕屏:枕前屏风。宋周密《夜合花·茉莉》:"枕屏金络,钗梁绛缕,都是思量。"

④青缣(jiān):青色的细绢。

⑤药炉:煮药用的炉子。明王彦泓《述妇病怀》:"无奈药炉初欲沸,梦中已作殷雷声。"

⑥清漏：清晰的滴漏声。宋陈允平《倦寻芳》："清漏沉沉，春梦无据。"

⑦判得：拼得。宋柳永《凤栖梧》："衣带渐宽终不悔，为伊消得人憔悴。"

## 又

风紧雁行高,无边落木萧萧①。楚天魂梦与香消②,青山暮暮朝朝。

断续凉云来一缕③,飘堕几丝灵雨④。今夜冷红浦溆⑤,鸳鸯栖向何处?

【笺注】

①无边落木萧萧:唐杜甫《登高》:"无边落木萧萧下,不尽长江滚滚来。"

②楚天魂梦与香消:《文选·宋玉高唐赋序》:"昔者楚襄王与宋玉游于云梦之台,望高唐之观,其上独有云气,崒兮直上,忽兮改容,须臾之间,变化无穷。王问玉曰:'此何气也?'玉对曰:'所谓朝云者也。'王曰:'何谓朝云?'玉曰:'昔者先王尝游高唐,怠而昼寝,梦见一妇人,曰:"妾,巫山之女也,为高唐之客。闻君游高唐,愿荐枕席。"王因幸之,去而辞曰:"妾在巫山之阳,高丘之阻,旦为朝云,暮为行雨,朝朝暮暮,阳台之下。"旦朝视之,如言,故为立庙,号曰朝云。'"后来在诗文中以此作为男女情事的常用之典。

③凉云:阴凉的云。宋周密《长亭怨慢》:"漫倚遍河桥,

一片凉云吹雨。"

④灵雨：好雨。《诗·墉风·定之方中》："灵雨既零，命彼倌人，星言夙驾，说于桑田。"郑玄笺："灵，善也。"

⑤冷红：指轻寒时节的花。浦溆：水边。唐杨炯《青苔赋》："浦溆遭回兮心断续。"

## 落花时

夕阳谁唤下楼梯,一握香荑[①]。回头忍笑阶前立,总无语也依依[②]。

笺书直恁无凭据[③],休说相思。劝伊好向红窗醉,须莫及落花时[④]。

【笺注】

①香荑(tí):女子香暖柔嫩的手指。《诗·卫风·硕人》:"手如柔荑。"荑,茅草的嫩芽。宋柳永《般涉调·塞孤》:"相见了,执柔荑,幽会处、偎香雪。"

②依依:依恋不舍的样子,《玉台新咏·古诗为焦仲卿妻作》:"举手长劳劳,二情同依依。"

③直恁:犹言竟然如此。

④须莫及,落花时:宋欧阳修《玉楼春》:"洛城春色待君来,莫到落花飞似霞。"

# 词二

## 金缕曲　赠梁汾[①]

德也狂生耳[②]。偶然间、缁尘京国[③],乌衣门第[④]。有酒惟浇赵州土[⑤],谁会成生此意[⑥]?不信道[⑦]、遂成知己。青眼高歌俱未老[⑧],向樽前、拭尽英雄泪[⑨]。君不见,月如水。

共君此夜须沈醉。且由他、蛾眉谣诼[⑩],古今同忌。身世悠悠何足问,冷笑置之而已。寻思起、从头翻悔。一日心期千劫在[⑪],后身缘、恐结他生里。然诺重[⑫],君须记。

【笺注】

①梁汾:顾贞观,号梁汾,无锡人,康熙五年(1666)举顺天乡试,擢内国史院典籍。康熙十年(1676)退归乡里,康熙十五年(1676)再度进京,结识词人,有《积书岩集》及《弹指词》。此词作于康熙十五年,是词人成名作,其时初识顾贞观,作《金缕曲》为顾题照。顾贞观有一首和作,附跋

载:"岁丙辰(1676),容若二十有二,乃一见即恨识余之晚,阅数日,填此曲为余题照。极感其意,而私讶他生再结殊不祥,何意为乙丑(1685)五月之谶也。"

②德:词人自指。

③缁尘:黑色灰尘,喻世俗污垢。南朝齐谢朓《酬王晋安》:"谁能久京洛,缁尘染素衣。"京国:京城。

④乌衣门第:指世家望族。晋宋时期的王、谢两望族居住在南京秦淮河畔的乌衣巷,故以乌衣门第指贵族门第。

⑤有酒惟浇赵州土:唐李贺《浩歌》:"买丝绣作平原君,有酒唯浇赵州土。"平原君,即赵胜,战国时赵国贵族。赵惠文王之弟,封于东武城,号平原君。"战国四君子"之一,喜好交游。

⑥成生:即词人。性德原名成德,满族汉译,取汉语中谐音而美好的词。康熙十四年(1675),康熙立保成为太子,成德为了避讳便改名"性德"。翌年,保成改名胤礽,"性德"又恢复为"成德","性德"只用了一年而已。性德署名,常作"成德",或效法汉人,以"成"为姓,另取"容若"为字,署作"成容若",友人亦用"成容若"这个名字称呼他。

⑦道:语助词,相当于"得"。

⑧青眼高歌俱未老:唐杜甫《短歌行赠王郎司直》:"青眼高歌望吾子,眼中之人吾老矣。"青眼,指对人喜爱或器重,与"白眼"相对。据《晋书·阮籍传》:"籍又能为青白眼,见礼俗之士,以白眼对之。"

⑨向樽前、拭尽英雄泪:宋张榘《贺新凉》:"髀肉未消仪舌在,向尊前、莫洒英雄泪。"尊前,在酒樽之前,指酒筵上。

⑩蛾眉谣诼:造谣中伤。战国楚屈原《离骚》:"众女嫉

余蛾眉兮，谣诼谓余以善淫。"顾贞观在康熙十年（1671）因被人诽谤，从内国史院典籍谪归故里。

⑪劫：佛教名词，"劫波"的略称，意为极久远的时节。古印度传说世界经历若干万年毁灭一次，重新再开始，这样一个周期叫做一"劫"。"劫"的时间长短，佛经有各种不同的说法。一"劫"包括"成"、"住"、"坏"、"空"四个时期，叫做"四劫"。到"坏劫"时，有水、火、风三灾出现，世界归于毁灭。后人借指天灾人祸。

⑫然诺：然、诺皆应对之词，表示应允。三国魏曹植《赠友》："延陵轻宝剑，季布重然诺。"

## 又　姜西溟言别赋此赠之①

谁复留君住。叹人生、几番离合,便成迟暮。最忆西窗同剪烛,却话家山夜雨②。不道只、暂时相聚。滚滚长江萧萧木③,送遥天、白雁哀鸣去④。黄叶下⑤,秋如许。

曰归因甚添愁绪⑥?料强似、冷烟寒月,栖迟梵宇⑦。一事伤心君落魄,两鬓飘萧未遇⑧。有解忆、长安儿女⑨。裘敝入门空太息⑩,信古来、才命真相负⑪。身世恨,共谁语?

【笺注】

①姜西溟:姜宸英,清代文学家,字西溟,号湛园、苇间,浙江慈溪人。明末诸生,年七十举进士,授编修。后因科场案牵连,死于狱中。姜宸英与词人结识于康熙十二年(1673)。康熙十八年(1679),姜宸英为奔母丧南归,此词写于南归之前。

②最忆西窗同剪烛,却话家山夜雨:唐李商隐《夜雨寄北》:"何当共剪西窗烛,却话巴山夜雨时。"

③滚滚长江:唐杜甫《登高》:"无边落木萧萧下,不尽长江滚滚来。"

④白雁哀鸣:唐李白《学古思边》:"衔悲上陇首,肠断不见君。……白雁从中来,飞鸣苦难闻。"

⑤黄叶下:南朝梁何逊《日夕望江赠鱼司马诗》:"仲秋黄叶下,长风正骚屑。"

⑥曰:助词,用于句首。

⑦栖迟:羁留,隐遁。《后汉书·冯衍传下》:"久栖迟于小官,不得舒其所怀。"梵宇:佛寺。当时,词人将姜宸英安顿于什刹海之千佛寺。

⑧飘萧:鬓发稀疏貌。唐郑嵎《津阳门诗》:"漂萧雪鬓双垂颐。"未遇:未得到赏识和重用,未发迹。

⑨有解忆、长安儿女:唐杜甫《月夜》:"遥怜小儿女,未解忆长安。"

⑩裘敝:比喻生活穷困,穷途末路。敝,破旧。典出《战国策·秦策一》:"说秦王书十上而说不行,黑貂之裘敝,黄金百斤尽,资用乏绝,去秦而归。"

⑪信古来、才命真相负:唐李商隐《有感》:"中路因循我所长,古来才命两相妨。"

# 又　简梁汾[①]

洒尽无端泪。莫因他、琼楼寂寞[②]，误来人世。信道痴儿多厚福[③]，谁遣偏生明慧。莫更著、浮名相累。仕宦何妨如断梗[④]，只那将、声影供群吠[⑤]。天欲问，且休矣。

情深我自判憔悴[⑥]。转丁宁[⑦]、香怜易爇[⑧]，玉怜轻碎。羡杀软红尘里客[⑨]，一味醉生梦死。歌与哭、任猜何意。绝塞生还吴季子[⑩]，算眼前、此外皆闲事。知我者，梁汾耳。

【笺注】

①简：简札，书信。此词作于顾贞观寄吴兆骞《金缕曲》二首之后，约康熙十五年（1676）岁末或年初。汪刻本词题作《简梁汾，时方为吴汉槎作归计》。词人向顾贞观作出许诺，誓必把流放东北多年的吴兆骞营救回来。吴兆骞：清代文学家，字汉槎，吴江人。少有隽才，入慎交社，文名鹊起。顺治

丁酉（顺治十四年，1657）举乡试，卷入科场案，流放宁古塔，曾在戍所与友人结"七子会"，所作《长白山赋》，为世所传。后经词人、顾贞观、徐乾学等救助，遂得放归。

②琼楼：形容华美的建筑物，此处指雪后寺庙的楼台。顾贞观《金缕曲》有小注："寄吴汉槎宁古塔，以词代书。丙辰冬，寓京师千佛寺，冰雪中作。"

③痴儿多厚福：俗语又疾人多福之说。明《菜根谭》："痴人每多福，以其近厚也。"

④断梗：折断的苇梗。《战国策·齐策》载，苏代谓孟尝君曰："臣来过于淄上，有土偶人与桃梗相与语。桃梗谓土偶曰：'子西岸之土也，挺子以为人，淄水至则汝残矣。'土偶曰：'吾，西岸之土也，土则复西岸耳。今子，东国之桃梗也，刻削子以为人，淄水至，流子而去，则漂漂者将如何耳？'"后以桃梗或断梗比喻漂流无定的旅人，这里指绝意于仕途。

⑤声影供群吠：汉王符《潜夫论·贤难》："一犬吠形，百犬吠声。"喻庸众胡乱随声附和。

⑥判憔悴：拼得憔悴亦甘心之意。情深：顾贞观《金缕曲》中有："我亦飘零久。十年来，深恩负尽，死生师友。……薄命长辞知己别，问人生，到此凄凉否。千万恨，为君剖。"

⑦丁宁：嘱咐。

⑧爇（ruò）：烧，焚烧。

⑨软红尘：飞扬的尘土。形容繁华热闹，亦指繁华热闹的地方。

⑩吴季子：春秋时吴国贤公子季札，亦称延陵季子，这里代指吴兆骞。吴兆骞在家中排行老四，依古人习惯，用"伯、仲、叔、季"或"孟、仲、叔、季"，表示从老大到老幺。顾贞观《金缕曲》："季子平安否。便归来、平生万事，那堪回首。"

## 又 寄梁汾

木落吴江矣①。正萧条、西风南雁，碧云千里。落魄江湖还载酒②，一种悲凉滋味。重回首、莫弹酸泪③。不是天公教弃置，是南华、误却方城尉④。飘泊处，谁相慰？

别来我亦伤孤寄⑤。更那堪、冰霜摧折，壮怀都废⑥。天远难穷劳望眼，欲上高楼还已⑦。君莫恨、埋愁无地。秋雨秋花关塞冷，且殷勤、好作加餐计⑧。人岂得，长无谓⑨！

【笺注】

①吴江：吴淞江，代指顾贞观的家乡无锡。宋叶梦得《满庭芳》："枫落吴江，扁舟摇荡，暮山斜照催日晴。"

②落魄江湖还载酒：唐杜牧《遣怀》："落魄江湖载酒行，楚腰纤细掌中轻。"落魄，穷困失意。

③酸泪：酸楚悲伤的眼泪。宋高观国《生查子》："酸泪

不成弹，又向春心聚。"

④南华：《南华真经》的省称，即《庄子》的别名。唐天宝元年，诏号《庄子》为《南华真经》。方城尉：指唐代诗人、词人温庭筠，曾任随县和方城县尉。据五代孙光宪《北梦琐言》卷二、宋计有功《唐诗纪事》卷五十四，令狐绹曾以旧事相逊询于温庭筠，温庭筠答道："此事见于《南华经》。《南华经》并不是冷门书，相国公事之余也应该看一点古书。"令狐绹与温庭筠积怨已久，因而更加生气，上奏说温庭筠有才无行，致使温庭筠终落榜。

⑤孤寄：独身寄居他乡。

⑥壮怀：豪壮的胸怀。废：旷废，消散。宋李纲《感皇恩·枕上》："壮怀消散，尽付败荷衰草。"

⑦天远难穷劳望服，欲上高楼还已：宋辛弃疾《满江红》："天远难穷休久望，楼高欲下还重倚。"

⑧加餐：慰劝之辞。谓多进饮食，保重身体。《古诗十九首》："长跪读素书，其中意何如：上言加餐饭，下言长相忆。"

⑨人岂得，长无谓：谓当有所作为。唐李商隐《无题》："人生岂得长无谓，怀故思乡共白头。"

## 又　再赠梁汾，用秋水轩旧韵①

酒涴青衫卷②。尽从前、风流京兆③，闲情未遣。江左知名今廿载④，枯树泪痕休泫⑤。摇落尽、玉蛾金茧⑥。多少殷勤红叶句，御沟深、不似天河浅⑦。空省识，画图展⑧。

高才自古难通显。枉教他、堵墙落笔⑨，凌云书扁⑩。入洛游梁重到处⑪，骇看村庄吠犬。独憔悴⑫、斯人不免。衮衮门前题凤客⑬，竟居然、润色朝家典⑭。凭触忌，舌难剪⑮。

【笺注】

①秋水轩：明末清初孙承泽旧宅。康熙十一年（1672），周在浚借居其中，与曹尔堪、龚鼎孳酬唱，后辑录为《秋水轩唱和词》。嗣后，大江南北多有赓和，为清初词坛的一大盛事，史称"秋水轩唱和"。顾贞观《金缕曲》词前小序称"秋水轩词，一韵累百"。词人并未参与秋水轩唱和，这里仅用其词牌

与韵脚字，故称"用秋水轩旧韵"。

②浣（wò）：酒渍浸染。

③风流京兆：用汉代张敞"画眉"之典。《汉书·张敞传》："敞无威仪……又为妇画眉，长安中传张京兆眉怃。有司以奏敞。上问之，对曰：'臣闻闺房之内，夫妇之私，有过于画眉者。'"宋刘过《蝶恋花·赠张守宠姬》："眉黛两山谁为扫，风流京兆江南调。"

④江左：江东，指长江下游南岸地区。古人在地理上以东为左，以西为右，故江东又名江左。

⑤枯树泪痕休泫：北周庾信《枯树赋》："桓大司马闻而叹：昔年移柳，依依江南；今看摇落，凄怆江潭。树犹如此，人何以堪。"

⑥玉蛾：常喻雪花，这里指柳絮。明杨慎《柳》："玉蛾翻雪暖风前。"金茧：金黄色的蚕茧，喻柳叶。明俞彦《蝶恋花·柳絮》："飞絮粘空，总被东风唤。金茧玉蛾寒食半，永丰坊里天涯畔。"

⑦多少殷勤红叶句，御沟深、不似天河浅：用"御沟红叶"之典。御沟，流经宫苑的河道。唐孟棨《本事诗》载，顾况在洛阳游苑中，流水上得大梧叶，上有宫女题诗，顾况次日于上游题诗叶上，泛于波中，以此传情。又一说，题诗宫女名韩翠苹，诗为于祐所得，于又题诗为韩所得，韩、于最终成为夫妻。红叶题诗的故事，后比喻男女奇缘。这里的"深"和"浅"显然别有所指，朝廷之中阻碍深重。

⑧空省识，画图展：唐杜甫《咏怀古迹》："画图省识春风面，环佩空归岁月夜魂。"据《西京杂记》："元帝后宫既多，不得常见，乃使画工图其形，案图召幸。诸宫人皆赂画工，多者十万，少者亦不减五万。独王嫱不肯，遂不得见。匈

奴入朝，求美人为阏氏，于是上案图以昭君行。及去，召见。貌为后宫第一，善应对，举止闲雅。帝悔之，而名籍已定，帝重信于外国，故不复更人，乃穷案其事。画工皆弃市，籍其家资巨万。"词人以此典暗喻朝廷无人识得顾贞观的才学。

⑨堵墙落笔：谓围观者密集众多，排列如墙。唐杜甫《莫相疑行》："集贤学士如堵墙，观我落笔中书堂。"时杜甫献三大礼赋，唐玄宗安排宰相在集贤院试他的文章。杜甫应试时，集贤院的学士们围观，对文章给予高度评价。但朝廷并未重用杜甫，只是把他列入候补名册。

⑩凌云书扁：扁，即匾。《晋书·王献之传》载，太元年间，新建太极殿，谢安想请王献之题字，试探着说："魏时凌云殿的匾额还没有题写就被工匠误钉上去，无法摘下来。韦仲将不得不站在吊起的凳子上书写。写完后，韦仲将的胡须鬓角都白了，只剩一口气，回来对子弟说再不可这么做。"王献之明白谢安的用意，严肃地说："韦仲将是魏国大臣，怎么会有这事。即使果真如此，那只能说明魏国国运不长是有原因的了。"于是，谢安不再强迫王献之题匾。

⑪入洛：比喻不得志。《晋书·陆机传》载，陆机、陆云兄弟于晋太康末年自吴入洛，在司徒张华的赏识下，平步青云，但最终失势被谗害。游梁：谓仕途不得志。《史记·司马相如列传》："（司马相如）以赀为郎，事孝景帝，为武骑常侍，非其好也。会景帝不好辞赋，是时梁孝王来朝，从游说之士齐人邹阳、淮阴枚乘、吴庄忌夫子之徒，相如见而说之，因病免，客游梁。"

⑫独憔悴：唐杜甫《梦李白》："冠盖满京华，斯人独憔悴。"

⑬题凤：南朝宋刘义庆《世说新语·简傲》："嵇康与吕

安善，每一相思，千里命驾。安后来，值康不在。喜（嵇康兄）出户延之，不入。题门上作'鳳（凤）'字而去。喜不觉，犹以为欣，故作。'凤'字，凡鸟也。"后因以为访友的典故。

⑭朝家：国家，朝廷。《后汉书·应劭传》："鲜卑隔在漠北……苟欲中国珍货，非为畏威怀德。计获事足，旋踵为害。是以朝家外而不内，盖为此也。"李贤注："朝家犹国家也。"顾贞观曾任内国史院典籍，负责的正是"朝家典"，却被同僚排挤而去官。

⑮凭触忌、舌难剪：唐《广异志》：夔州道士王法朗舌长，呼言不正，乃日诵《道德经》，后梦老君剪其舌，觉来，语言乃正。这两句是说纵然触犯朝廷，还是会直言不讳。

## 又

生怕芳樽满①。到更深、迷离醉影,残灯相伴。依旧回廊新月在,不定竹声撩乱。问愁与、春宵长短。人比疏花还寂寞,任红蕤、落尽应难管②。向梦里,闻低唤③。

此情拟倩东风浣。奈吹来、馀香病酒④,旋添一半。惜别江郎浑易瘦⑤,更著轻寒轻暖⑥。忆絮语⑦、纵横茗椀。滴滴西窗红蜡泪⑧,那时肠、早为而今断。任角枕⑨,欹孤馆。

【笺注】

①芳樽:精致的酒器。唐王勃《秋日楚州郝司户宅饯崔使君序》:"宾友盛而芳樽漏,林塘清而上筵肃。"

②蕤(ruí):指花萼。

③向梦里,闻低唤:明王彦泓《满江红》:"无端梦觉低声唤。"

④病酒：饮酒沉醉。宋欧阳修《蝶恋花》："日日花前常病酒。"

⑤江郎：江淹，南朝梁文学家，代表作有《恨赋》《别赋》，文辞精美，情调悲凉凄婉。

⑥轻寒轻暖：宋陈亮《水龙吟·春恨》："迟日催花，淡云阁雨，轻寒轻暖。"轻，微。

⑦絮语：连绵不断地低声细语。明吴骐《甘州子·题情》："暗香微逗锦衾鲜，愁到五更天。鸾枕畔、絮语不成眠。"

⑧红蜡：红烛。唐皮日休《春夕酒醒》："夜半醒来红蜡短，一枝寒泪作珊瑚。"

⑨角枕：角制或用角装饰的枕头。《诗·唐风·葛生》："角枕粲兮，锦衾烂兮。"欹：通"倚"。斜倚，斜靠。

# 又　慰西溟①

何事添悽咽？但由他、天公簸弄②,莫教磨涅③。失意每多如意少，终古几人称屈。须知道、福因才折。独卧藜床看北斗④，背高城、玉笛吹成血⑤。听谯鼓⑥，二更彻⑦。

丈夫未肯因人热⑧。且乘闲、五湖料理⑨，扁舟一叶。泪似秋霖挥不尽⑩，洒向野田黄蝶。须不羡、承明班列⑪。马迹车尘忙未了，任西风、吹冷长安月⑫。又萧寺⑬、花如雪⑭。

【笺注】

①西溟：即姜宸英。见《金缕曲·姜西溟言别赋此赠之》笺注。此词作于康熙十八年（1679），其时姜宸英错过博学鸿儒科之选，词人以词相慰。

②簸弄：玩弄，耍弄。宋张炎《词源》卷下："簸弄风月，陶写性情，词婉于诗。"

③磨涅：喻挫折。《论语·阳货》："不曰坚乎，磨而不磷；不曰白乎，涅而不淄。"晋蔡洪《与刺史周俊书》："张畅，字威伯，……居磨涅之中，而无淄磷之损。"

④藜床：藜茎编的床榻。泛指简陋的坐榻。北周庾信《小园赋》："况乎管宁藜床，虽穿而可坐；嵇康煅灶，既暖而堪眠。"北斗：指北斗星。《晋书·天文志上》："北斗七星在太微北……斗为人君之象，号令之主也。"后因以喻帝王。

⑤背高城：姜宸英在京城时，暂住在京城北城墙外的千佛寺，是为背高墙。

⑥谯鼓：谯楼更鼓。谯楼，古代城门上建造的用以高望的楼。更鼓，报更的鼓声。清曹贞吉《扫花游》："漫凭伫，听寒城数声谯鼓。"

⑦彻：达，到。

⑧未肯因人热：用"不因人热"之典。《东观汉记·梁鸿传》："（鸿）常独坐止，不与人同食。比舍先炊，已，呼鸿及热釜炊。鸿曰：'童子鸿不因人热者也。'灭灶更燃火。"后因以称不仰仗别人。清钱澄之《孤萤篇》："熠熠何曾借墙光，凄凉不肯因人热。"

⑨五湖：《国语·越语下》载，春秋末越国大夫范蠡，辅佐越王勾践，灭亡吴国，功成身退，乘轻舟以隐于五湖。后因以"五湖"指隐遁之所。

⑩秋霖：秋日的淫雨。战国宋玉《九辩》："皇天淫溢而秋霖兮，后土何时而得干？"

⑪承明：承明庐。汉承明殿旁屋，侍臣值宿所居，称承明庐。又三国魏文帝以建始殿朝群臣，门曰承明，其朝臣止息之所亦称承明庐。《汉书·严助传》："君厌承明之庐，劳侍从之事，怀故土，出为郡吏。"颜师古注引张晏曰："承明庐在石

梁阁外,直宿所止曰卢。"班列:朝班的行列。

⑫长安:代指京城。

⑬萧寺:这里指千佛寺。

⑭花如雪:南朝齐范云《别诗》:"洛阳城东西,长作经识别。昔去雪如花,今来花如雪。"参照严绳孙《金缕曲》"赠西溟,次容若韵。"词下片:"更谁炙手真堪热。只些儿、翻云覆雨,移根换叶。我是漆园工隐几,也任人猜蝴蝶。凭寄语、四明狂客。烂醉绿槐双影畔,照伤心、一片琳宫月。归梦冷,逐回雪。"

## 又 亡妇忌日有感[①]

　　此恨何时已[②]。滴空阶、寒更雨歇[③],葬花天气[④]。三载悠悠魂梦杳[⑤],是梦久应醒矣。料也觉、人间无味。不及夜台尘土隔[⑥],冷清清、一片埋愁地[⑦]。钗钿约[⑧],竟抛弃。

　　重泉若有双鱼寄[⑨]。好知他、年来苦乐,与谁相倚?我自终宵成转侧,忍听湘弦重理[⑩]。待结个、他生知己。还怕两人俱薄命,再缘悭[⑪]、剩月零风里。清泪尽,纸灰起[⑫]。

【笺注】

①词人悼念亡妻卢氏,于妻三周年忌日,即康熙十九年(1680)五月三十日所作。据叶崇舒《纳腊室卢氏墓志铭》:"夫人卢氏,年十八归余同年生成德,康熙十六年(1677)五月三十日卒,春秋二十有一。"

②此恨何时已:宋李之仪《卜算子》:"此水几时休,此

恨何时已。"

③滴空阶：南朝梁何逊《临行与故游夜别》："夜雨滴空阶，晓灯暗离室。"宋柳永《尾犯》："夜雨滴空阶，孤馆梦回，情绪萧索。"又《浪淘沙》："那堪酒醒，又闻空阶，夜雨频滴。"寒更：寒夜的更点，这里借指寒夜。宋柳永《忆帝京》："展转数寒更，起了还重睡。"

④葬花天气：五月正是暮春落花时节，这里既指时令，又暗喻妻子如落花般零落。

⑤杳：消失，不见踪影。

⑥夜台：坟墓。这里借指阴间。宋张炎《锁窗寒》："想如今、醉魂未醒，夜台梦语秋声碎。"

⑦埋愁地：《后汉书·仲长统传》载："统性俶傥，敢直言，不矜小节，默语无常，时人或谓之狂生。每州郡命召，辄称疾不就。常以为凡游帝王者，欲以立身扬名耳，而名不常存，人生易灭，优游偃仰，可以自娱。欲卜居清旷，以乐其志。"曾作诗表志，其中有"寄愁天上，埋忧地下"句。

⑧钗钿：金钗、钿合。钗钿约，用唐玄宗与杨贵妃定情之典。唐陈鸿《长恨歌传》："进见之日，奏《霓裳羽衣曲》以导之；定情之夕，授金钗钿合以固之。"

⑨重泉：犹九泉，即死者所归处。双鱼：用两条鲤鱼做底盖，把书信夹在里面的鱼形木板，故常用来代指书信。

⑩湘弦：即湘瑟。湘妃所弹之瑟，代指瑟。古人用琴瑟喻夫妻，故称丧妻为"断弦"，称再娶为"续弦"。"湘弦重理"暗示当时有人建议词人再娶。忍：怎，岂。

⑪悭（qiān）：阻碍。唐杜甫《铜官渚守风》："早泊云物晦，逆行波浪悭。"仇兆鳌注："悭，阻滞难行也。"剩月零风：顾贞观《唐多令》："双泪滴花丛，一身惊断蓬，尽当年、剩月

零风。"

⑫纸灰：纸钱烧化的灰。元萨都剌《酹江月·过淮阴》："古木鸦啼，纸灰风起，飞入淮阴庙。"

## 又

疏影临书卷①。带霜华②、高高下下，粉脂都遣。别是幽情嫌妩媚，红烛啼痕休泫③。趁皓月、光浮冰茧④。恰与花神供写照，任泼来、淡墨无深浅。持素障⑤，夜中展。

残釭掩过看逾显⑥。相对处、芙蓉玉绽，鹤翎银扁⑦。但得白衣时慰藉⑧，一任浮云苍犬⑨。尘土隔、软红偷免⑩。簾幙西风人不寐，恁清光、肯惜鹔鹴典⑪。休便把，落英翦⑫。

【笺注】

①疏影：疏朗的影子。书卷：书籍。古代书本多作卷轴，故称。

②霜华：皎洁的月光。唐白居易《长相思》："九月西风兴，月冷霜华凝。"此处喻指白色须发。

③啼痕：泪痕。这里指红烛燃烧时淌下的红色蜡痕。

④冰茧：冰蚕所结的茧。这里指"茧纸"，用蚕茧制作的纸，洁白缜密。明胡汝嘉《江城子·燕坐》："醉写新词陶客思，冰茧薄，墨痕浓。"

⑤障：屏风。这里指屏风画，一种素白色的绢帛软障。

⑥缸：同"釭"。灯，油灯。

⑦鹤翎：鹤的羽毛。喻指白色的花瓣。扁：谓物体宽而薄，这里指花瓣薄。

⑧白衣：送酒的吏人。南朝宋檀道鸾《续晋阳秋·恭帝》："王宏为江州刺史，陶潜九月九日无酒，于宅边东篱下菊丛中摘盈把，坐其侧。未几，望见一白衣人至，乃刺史王宏送酒也。即便就酌而后归。"后因以为重阳故事。这里指饮酒。

⑨浮云苍犬：浮云像白裳，很快又变成了白色的狗。比喻世事变幻无常。唐杜甫《可叹》："天上浮云似白衣，斯须改变如苍狗。"

⑩软红：即软红尘。飞扬的尘土，形容繁华热闹。宋李石《雨中花慢》："尽道软红香土，东华风月俱新。"

⑪鹔鹴典：用"貂裘换酒"之典。东晋葛洪《西京杂记》：司马相如初与卓文君还成都，居贫愁懑，以所着鹔（sù）鹴（shuāng）裘就市人阳昌贳酒，与文君为欢。既而文君抱颈而泣曰："我平生富足，今乃以衣裘贳酒。"遂相与谋于成都卖酒。形容富贵者放荡不羁的生活。宋刘筠《劝石集贤饮》："鲁壁休分科斗字，蜀都且换鹔鹴裘。"

⑫落英：落花。《楚辞·离骚》："朝饮木兰之坠露兮，夕餐秋菊之落英。"按，一说为初生之花。游国恩纂义引孙奕曰："宫室始成而祭则曰落成。故菊英始生亦曰落英。"

## 又

　　未得长无谓①。竟须将、银河亲挽，普天一洗②。麟阁才教留粉本③，大笑拂衣归矣④。如斯者、古今能几？有限好春无限恨，没来由、短尽英雄气⑤。暂觅个，柔乡避⑥。

　　东君轻薄知何意⑦。尽年年、愁红惨绿⑧，添人憔悴。两鬓飘萧容易白⑨，错把韶华虚费。便决计、疏狂休悔⑩。但有玉人常照眼⑪，向名花⑫、美酒拼沉醉。天下事，公等在。

【笺注】

　　①长无谓：长时间无所为。唐李商隐《无题》："人生岂得长无谓，怀古思乡共白头。"
　　②银河亲挽：亲手引天河之水。唐杜甫《洗兵马》："安得壮士挽天河，净洗甲兵长不用。"
　　③麟阁：即汉代麒麟阁，在未央宫。汉宣帝时曾图霍光等

十一功臣像于阁上，以表扬其功绩。后多以画像于"麒麟阁"表示卓越功勋和最高的荣誉。《三辅黄图·阁》："麒麟阁，萧何造，以藏秘书，处贤才也。"《汉书·苏武传》："甘露三年，单于始入朝。上思股肱之美，迺图画其人于麒麟阁。"颜师古注引张晏曰："武帝获麒麟时作此阁，图画其像于阁，遂以为名。"粉本：本谓画稿。这里指图画。

④拂衣：振衣而去，这里指归隐。唐李白《侠客行》："事了拂衣去，深藏身与名。"

⑤短尽英雄气：用"英雄气短"之典。《增广尚友录统编》卷三《苏丕》载："丕，有高行，少时一试礼部，不中，即拂衣去，曰：'此中最易短英雄之气。'"后谓才识之士因遭遇困厄或挫折而意志消沉。

⑥柔乡：温柔富贵之乡，这里指女色迷人之境。

⑦东君：司春之神。

⑧愁红惨绿：经风雨摧残的残花败叶。这里比喻女子的愁容。宋柳永《定风波》："自春来，惨绿愁红，芳心是事可可。"

⑨飘萧：鬓发稀疏貌。宋毛滂《烛影摇红·归去曲》："鬓绿飘萧，漫郎已是青云晚。"

⑩疏狂：豪放，不受拘束。五代前蜀顾敻《玉楼春》："恨郎何处纵疏狂，长使含啼眉不展。"

⑪照眼：犹耀眼。这里指玉人美得让人眼前一亮。明王彦泓《梦游》："但有玉人长照眼，更无尘务暂经心。"

⑫名花：有名的美女。旧时常指名妓。

\*此词补遗自《纳兰词》卷四，汪元治编，清道光十二年结铁网斋刻本。

## 踏莎美人　清明

拾翠归迟①,踏青期近,香笺小叠邻姬讯②。樱桃花谢已清明,何事绿鬟斜軃宝钗横③?

浅黛双弯④,柔肠几寸,不堪更惹其他恨。晓窗窥梦有流莺⑤,也觉个侬憔悴可怜生⑥。

【笺注】

①拾翠:拾取翠鸟羽毛以为首饰。后多指妇女游春。三国魏曹植《洛神赋》:"或采明珠,或拾翠羽。"宋张先《木兰花·乙卯吴兴寒食》:"芳洲拾翠暮忘归,秀野踏青来不定。"

②笺:同"牋"。精美的小幅纸张,供题诗、写信等用。香笺,加香料的诗笺或信笺。宋柳永《玉蝴蝶》:"珊瑚筵上,亲持犀管,旋叠香笺。"邻姬:宋朱淑真《约春游不去》:"邻姬约我踏青游,强拂愁眉下小楼。"

③绿鬟:乌黑发亮的发髻。这里指妇女美丽的头发。軃(duǒ):下垂。

④浅黛:指用黛螺淡画的眉。宋张先《卜算子慢》:"惜

弯弯浅黛长长眼。"

⑤流莺:即莺。流,谓其鸣声婉转。宋王安石《午枕》:"窥人鸟唤悠飏梦。"

⑥个侬:这人,那人。生:语助词,无实意。

# 红窗月

燕归花谢,早因循又过清明①。是一般风景②,两样心情。犹记碧桃影里誓三生③。

乌丝阑纸娇红篆④,历历春星⑤。道休孤密约⑥,鉴取深盟⑦。语罢一丝香露湿银屏⑧。

【笺注】

①因循:顺应自然,有无奈之意。宋宋祁《浪淘沙近》:"因循不觉韶光换。"

②一般:一样,同样。

③碧桃影里:《续青琐高议》载,鲁敢与西真走进一座洞中,碧桃艳杏,香气凝聚。西真说:"希望他日与君从人间归来,双栖于此。"誓三生:用"三生石"之典。唐袁郊《甘泽谣·圆观》载,传说唐李源与僧圆观友善,同游三峡,见妇人引汲,观曰:"其中孕妇姓王者,是某记身之所。"更约十二年中秋之夜,相会于杭州天竺寺外。是夕观果殁,而孕妇产。及期,源赴约,闻牧童歌《竹枝词》:"三生石上旧精魂,赏

月吟风不要论。惭愧情人远相访,此身虽异性长存。"源因知牧童即圆观之后身。后人附会谓杭州天竺寺后山的三生石,即李源、圆观相会处,诗人常以此为前因宿缘之典。词人在此悼念亡妻,以"三生石"之典,寄托哀思之情。三生,前生、今生和来生。

④乌丝阑:指有墨线格子的笺纸。宋辛弃疾《乌夜啼·戏赠籍中人》:"春寂寂,娇滴滴,笑盈盈。一段乌丝阑上、记多情。"有时省称乌丝。宋辛弃疾《临江仙》:"入手清风词更好,细书白茧乌丝。"娇红:嫩红,鲜艳的红色。篆:名字印章。

⑤历历:清晰貌。《古诗十九首·明月皎夜光》:"玉衡指孟冬,众星何历历。"

⑥孤:通"辜",辜负。

⑦鉴取:察知了解。取,助词,表示动作的进行。深盟:指男女双方向天发誓,永结同心的盟约。

⑧香露:花草上的露水。

# 南歌子

翠袖凝寒薄①,簾衣入夜空②。病容扶起月明中③,惹得一丝残篆旧薰笼④。

暗觉欢期过,遥知别恨同。疏花已是不禁风,那更夜深清露湿愁红⑤。

【笺注】

①翠袖:青绿色衣袖,这里指女子的装束。凝寒:严寒。三国魏刘桢《赠从弟》诗之二:"岂不罹凝寒,松柏有本性。"李善注:"凝,严也。"唐杜甫《佳人》:"天寒翠袖薄,日暮倚修竹。"

②帘衣:《南史·夏侯亶传》:"(亶)晚年颇好音乐,有妓妾十数人,并无被服姿容,每有客,常隔帘奏之,时谓帘为夏侯妓衣。"后因谓帘幕为帘衣。

③病容扶起:犹扶病而起。扶病,带着病,支撑病体。

④残篆:烧剩下的盘香。

⑤清露:雨的别称。宋晏殊《浣溪沙》:"湖上西风急暮蝉,夜来清露湿红莲。"愁红:经风雨摧残的花。

# 又

　　暖护樱桃蕊，寒翻蛱蝶翎①。东风吹绿渐冥冥②，不信一生憔悴伴啼莺。

　　素影飘残月③，香丝拂绮棂④。百花迢递玉钗声⑤，索向绿窗寻梦寄馀生⑥。

【笺注】

①蛱蝶：蝴蝶。翎：昆虫的翅翼。

②冥冥：幽深貌。《楚辞·九章·涉江》："深林杳以冥冥兮，乃猿狖之所居。"

③素影：月影。宋孙觌《浣溪沙》："素影徘徊波上月，醉乡摇荡竹间云。"

④香丝：指柳条。绮棂：装饰花纹的窗棂。晋袁宏《拟古诗》："文幌曜琼扇，碧疏映绮棂。"

⑤迢递：连绵不绝貌。玉钗：指美女。

⑥绿窗：绿色纱窗，这里指女子居室。唐温庭筠《菩萨蛮》："花落子规啼，绿窗残梦迷。"

# 又 古戍

古戍饥乌集①,荒城野雉飞。何年劫火剩残灰②?试看英雄碧血满龙堆③。

玉帐空分垒④,金笳已罢吹⑤。东风回首尽成非,不道兴亡命也岂人为。

【笺注】

①饥乌:饥饿的乌鸦。唐沈佺期《出塞曲》:"饥乌啼旧垒,疲马恋空城。"

②劫火:佛教语,谓坏劫之末所起的大火。南朝梁高僧慧皎《高僧传·竺法兰》:"又昔汉武穿昆明池底,得黑灰,以问东方朔。朔云:'不知,可问西域胡人。'"后法兰既至,众人追以问之,兰云:'世界终尽,劫火洞烧,此灰是也。'"这里借指兵火。

③碧血:《庄子·外物》:"苌弘死于蜀,藏其血,三年而化为碧。"后因以"碧血"称忠臣烈士所流之血。龙堆:白龙堆的略称。古西域沙丘名,在新疆天山南路。《汉书·匈奴传下》:"岂为康居、乌孙能逾白龙堆而寇西边哉,乃以制匈奴也。"颜师古注引孟康曰:"龙堆形如土龙身,无头有尾,高

大者二三丈,埤者丈余,皆东北向,相似也。在西域中。"

④玉帐:帐幕如玉之坚,为主帅所居,这里借指主将。宋辛弃疾《满江红》:"破敌金城雷过耳,谈兵玉帐冰生颊。"垒:指军营。

⑤金笳:古代北方民族常用的一种管乐器。南朝梁江淹《从萧骠骑新亭》:"金笳夜一远,明月信悠悠。"

# 一络索

过尽遥山如画,短衣匹马①。萧萧落木不胜秋,莫回首斜阳下。

别是柔肠萦挂②,待归才罢。却愁拥髻向灯前③,说不尽离人话。

【笺注】

①短衣匹马:穿着短衣,骑着一匹骏马。形容士兵雄姿强健。唐杜甫《曲江三章章五句》诗之三:"短衣匹马随李广,看射猛虎终残年。"短衣,短装。古代为平民、士兵等所服。《史记·刘敬叔孙通列传》:"叔孙通儒服,汉王憎之,廼变其服,服短衣,楚制,汉王喜。"司马贞索隐:"孔文祥云:'短衣便事,非儒者衣服。高祖楚人,故从其俗裁制。'"

②萦(yíng)挂:牵挂。

③拥髻向灯前:捧持发髻,话旧生哀。汉伶玄《赵飞燕外传》附《伶玄自叙》:"通德占袖,顾眄烛影,以手拥髻,凄然泣下。"宋苏轼《九日舟中望见有美堂上鲁少卿饮处以诗戏之》之二:"遥知通德凄凉甚,拥髻无言怨未归。"

# 又

野火拂云微绿①,西风夜哭②。苍茫雁翅列秋空,忆写向屏山曲③。

山海几经翻覆④,女墙斜矗⑤。看来费尽祖龙心⑥,毕竟为谁家筑?

【笺注】

①野火:指磷火,俗称"鬼火"。人或动物尸体腐烂分解出磷化氢,能自燃。夜间野地里有时出现白色带蓝绿色的火焰,就是磷火。《列子·天瑞》:"羊肝化为地皋,马血之为转邻也,人血之为野火也。"拂云:触到云。野火火焰自带蓝绿色,空中云层在其映照下会发出些许青绿色。

②西风夜哭:清吴伟业《送友人出塞》:"鱼海萧条万里霜,西风一哭断人肠。"形容寒风肆虐、凄切。

③屏山:屏风。曲:局部,部分。屏山曲,雁翅列秋空的景象,好像屏风所绘的一部分。

④翻覆:反转,倾覆。这里指江山几经兴亡。

⑤女墙:城墙上呈凹凸形的小墙。当敌人侵犯攻城时,用来掩护守城士兵。这里指长城。《释名·释宫室》:"城上垣,

曰睥睨……亦曰女墙，言其卑小，比之于城。"

⑥祖龙：指秦始皇。《史记·秦始皇本记》："（三十六年）秋，使者从关东夜过华阴平舒道，有人持璧遮使者曰：'为吾遗滈池君。'因言曰：'今年祖龙死。'"裴骃集解引苏林曰："祖，始也；龙，人君象。谓始皇也。"当年秦始皇为了防御北方游牧民族的侵扰，修长城，故曰"费尽祖龙心"。

# 赤枣子

惊晓漏①,护春眠②。格外娇慵只自怜③。寄语酿花风日好④,绿窗来与上琴弦⑤。

【笺注】

①晓漏:拂晓时铜壶滴漏之声。宋李清照《菩萨蛮》:"角声催晓漏。"
②春眠:春睡。
③娇慵:柔弱倦怠貌。
④寄语:传话,转告。酿花:催花吐放。宋吴潜《江城子·示表侄刘国华》:"正春妍,酿花天。"
⑤上琴弦:清周在浚《翻香令·指环》:"绿窗深夜上琴弦,春葱露出玉纤纤。"

## 又

风浙浙①,雨纤纤②。难怪春愁细细添。记不分明疑是梦,梦来还隔一重簾。

【笺注】

①浙浙:象声词,这里指风声。僧贯休《君子有所思行》:"陋苍萧萧风浙浙,缅想斯人胜珪璧。"

②纤纤:细长,柔细貌。宋苏轼《江神子》:"黄昏犹是雨纤纤。"

\* 此词补遗自《纳兰词》,许增编,清光绪六年娱园刻本。

## 眼儿媚

　　林下闺房世罕俦①，偕隐足风流②。今来忍见③，鹤孤华表④，人远罗浮⑤。

　　中年定不禁哀乐⑥，其奈忆曾游。浣花微雨⑦，采菱斜日，欲去还留⑧。

【笺注】

①林下闺房：用"林下风气、闺房之秀"之典。南朝宋刘义庆《世说新语·贤媛》："谢遏绝重其姊，张玄常称其妹，欲以敌之。有济尼者，并游张、谢二家。人问其优劣。答曰：'王夫人神情散朗，故有林下风气。顾家妇清心玉映，自是闺房之秀。'"林下风气，称颂妇女闲雅飘逸的风采；闺房之秀，称颂女子是冰清玉洁，恪守妇德的大家闺秀。俦（chóu）：匹敌。

②偕隐：夫妇一起隐居。用"东汉鲍宣桓少君夫妇同归乡里"之典。《后汉书·鲍宣妻传》："妻乃悉归侍御服饰，更著短布裳，与宣共挽鹿车归乡里。"

③忍见：岂忍见，怎忍见，古汉语之反训。

④鹤孤：谓孤寂。鹤性孤高，故称。华表：古代设在桥

梁、宫殿、城垣或陵墓等前兼作装饰用的巨大柱子。一般为石造，柱身往往雕有纹饰。这里用"鹤归华表"典。晋陶潜《搜神后记》："丁令威，本辽东人，学道于灵虚山。后化鹤归辽，集城门华表柱。时有少年，举弓欲射之。鹤乃飞，徘徊空中而言曰：'有鸟有鸟丁令威，去家千年今始归。城郭如故人民非，何不学仙冢累累。'遂高上冲天。今辽东诸丁云其先世有升仙者，但不知名字耳。"喻久别重归而叹世事变迁。

⑤罗浮：山名，在广东省东江北岸，此处用"罗浮梦"之典。唐柳宗元《龙城录》载："隋开皇中赵师雄迁罗浮，一日天寒日暮，在醉醒间，因憩仆车于松林间酒肆傍舍，见一女子淡妆素服出迓师雄，时至昏黑，残雪对月色微明，师雄喜之与之语，但觉芳香袭人，语言极清丽，因之扣酒家门，得数杯相与饮，少顷有一绿衣童来，笑歌戏舞亦自可观，顷醉寝，师雄亦懵然，但觉风寒相袭。久之，时东方已白，师雄起视乃在大梅花树下，上有翠羽啾嘈相顾，月落参横，但惆怅而尔。"后多为咏梅典实。

⑥中年定不禁哀乐：《世说新语·言语》载，太傅谢安对右将军王羲之说："中年伤于哀乐，每与亲友分别，总会难过许多天。"哀乐，悲哀与快乐，偏重哀义。

⑦浣花：指浣花日。成都旧时习俗，每年四月十九日，宴游于浣花溪畔，称"浣花日"。宋陆游《老学庵笔记》卷八："四月十九日，成都谓之浣花，遨头宴于杜子美草堂沧浪亭。倾城皆出，锦绣夹道。自开岁宴游，至是而止，故最盛于他时。予客蜀数年，屡赴此集，未尝不晴。蜀人云：'虽戴白之老，未尝见浣花日雨也。'"

⑧欲去还留：宋苏轼《菩萨蛮·西湖送述古》："秋风湖上萧萧雨，使君欲去还留住。"

## 又　咏红姑娘[①]

骚屑西风弄晚寒[②]，翠袖倚阑干[③]。霞绡裹处[④]，樱唇微绽，靺鞨红殷[⑤]。

故宫事往凭谁问，无恙是朱颜。玉墀争采[⑥]，玉钗争插，至正年间[⑦]。

【笺注】

①红姑娘：又名花姑姑，草本植物，酸浆的别名。其果色绛红，酸甜可食。明杨慎《丹铅总录·花木·红姑娘》引明徐一夔《元故宫记》："金殿前有野果，名红姑娘，外垂绛囊，中空有子，如丹珠，味酸甜可食，盈盈绕砌，与翠草同芳，亦自可爱。"

②骚屑：风声。汉刘向《九叹·思古》："风骚屑以摇木兮，云吸吸以湫戾。"王逸注："风声貌。"

③翠袖：青绿色衣袖，这里比喻红姑娘的枝叶。

④霞绡：美艳轻柔的丝织物。宋陈亮《小重山》："碧幕霞绡一缕红。"这里比喻红姑娘的花萼。

⑤靺鞨：红玛瑙之类的宝石。《旧唐书·肃宗纪》："楚州刺史崔侁献定国宝玉十三枚……七日红靺鞨，大如巨栗，赤如

樱桃。"

⑥玉墀（chí）：台阶的美称。

⑦至正：元顺帝时第三个年号，自 1341 年到 1370 年。词人推想故宫中宫女们采戴红姑娘的情景。

# 又　中元夜有感①

手写香台金字经②，惟愿结来生。莲花漏转③，杨枝露滴④，想鉴微诚。

欲知奉倩神伤极⑤，凭诉与秋擎⑥。西风不管，一池萍水⑦，几点荷灯⑧。

【笺注】

①中元：指农历七月十五日。旧时道观于此日作斋醮，僧寺作盂兰盆会，民俗亦有祭祀亡故亲人等活动。唐韩鄂《岁华纪丽·中元》："道门宝盖，献在中元。释氏兰盆，盛于此日。"

②香台：烧香之台，即佛殿。金字经：指佛教经文。以金粉书就之文字，铭刻于碑石、器物上。

③莲花：佛门钟情于莲花，十方诸佛，同生于淤泥之浊，三身证觉，俱坐于莲台之上。又喻指佛门妙法。莲花漏转，这里一语双关，指时光流转。明李贽《观音问》："若无国土，则阿弥陀佛为假石，莲华为假相，接引为假说。"

④杨枝：梵语，译曰齿木。取杨柳等之小枝，将枝头咬成细条，用以刷牙，故又称杨枝。晋法显《佛国记》："出沙祇城南门，道东，佛本在此嚼杨枝。"杨枝水，佛教喻称能使万

物复苏的甘露。

⑤奉倩：《三国志·魏志·荀恽传》裴松之注引晋孙盛《晋阳秋》载，三国魏荀粲，字奉倩，因妻病逝，痛悼不能已，每不哭而伤神，岁余亦死，年仅二十九岁。后成为悼亡的典实。

⑥秋檠：秋灯。檠，同"棨"，灯柱，灯台。宋吴文英《拜星月慢》："又怕硬、绿减西风，泣秋檠烛外。"

⑦一池萍水：宋苏轼《水龙吟·次韵章质夫杨花词》："晓来雨过，遗踪何在？一池萍碎。"萍水，萍草随水漂泊。因聚散无定，故喻人之偶然相遇。

⑧荷灯：荷花形的河灯。中元节的夜晚，放荷灯浮于水面，用以祭祀亡灵，表达对逝去亲人的悼念。纳兰《西苑咏和苏友韵》："新凉却爱中元节，万点荷灯散玉河。"

## 又 咏梅

莫把琼花比淡妆①,谁似白霓裳②?别样清幽,自然标格,莫近东墙③。

冰肌玉骨天分付④,兼付与凄凉⑤。可怜遥夜,冷烟和月,疏影横窗⑥。

【笺注】

①淡妆:代指梅花。宋欧阳修《渔家傲》:"仙格淡妆天与丽,谁可比。"

②霓裳:神仙的衣裳,以云为裳。《楚辞·九歌·东君》:"青云衣兮白霓裳,举长矢兮射天狼。"这里比喻梅花的色泽姿态。

③东墙:用"宋玉东墙"之典。战国楚宋玉《登徒子好色赋》序:"天下之佳人,莫若楚国;楚国之丽者,莫若臣里;臣里之美者,莫若臣东家之子……然此女登墙窥臣三年,至今未许也。"后常以"东家子"指美貌的女子,这里比喻美丽的梅花。

④冰肌玉骨天分付:《庄子·逍遥游》:"藐姑射之山,有神人居焉,肌肤若冰雪,淖约若处子。"冰肌,形容女子纯净

洁白的肌肤。这里比喻梅花娇柔美丽的体态。玉骨，梅花枝干的美称。宋毛滂《玉楼春·红梅》："当日岭头相见处，玉骨冰肌元淡伫。"宋南山居士《永遇乐·客答梅》："玉骨冰肌，野墙山径，烟雨萧索。"分付，交给。

⑤付于凄凉：宋柳永《彩云归》："朝欢暮宴，被多情、赋与凄凉。"

⑥疏影：稀疏的梅枝之影。宋林逋《山园小梅》："疏影横斜水清浅，暗香浮动月黄昏。"又宋曹冠《汉宫春·梅》："爱浮香胧月，疏影横窗。"

# 又

独倚春寒掩夕扉,清露泣铢衣①。玉箫吹梦,金钗划影②,悔不同携。

刻残红烛曾相待③,旧事总依稀④。料应遗恨,月中教去,花底催归。

【笺注】

①铢衣:传说神仙穿的衣服,重量只有数铢甚至半铢。这里指极轻的衣衫。铢,古代重量单位,二十四铢等于旧制一两。唐韩偓《浣溪沙》:"宿醉离愁慢髻鬟,六铢衣薄惹轻寒。"宋苏轼《水龙吟》:"青鸾歌舞,铢衣摇曳。"

②金钗:妇女插于发髻的金制首饰,由两股合成。这里借指妇女。

③刻残红烛:古人刻度数于烛,烧以计时。

④花底催归:清朱彝尊《摸鱼子》:"双栖燕,岁岁花时飞度,阿谁花底催去。"

# 又

重见星娥碧海槎①,忍笑却盘鸦②。寻常多少,月明风细,今夜偏佳。

休笼彩笔闲书字③,街鼓已三挝④。烟丝欲裛⑤,露光微沱⑥,春在桃花⑦。

【笺注】

①星娥:神话传说中的织女。唐李商隐《圣女祠》:"星娥一去后,月姊更来无?"朱鹤龄注:"星娥谓织女。"碧海:指青天。天色蓝若海,故称。槎:木筏。晋张华《博物志》:"旧说云天河与海通。近世有人居海渚者,年年八月有浮槎去来,不失期。"

②却:犹再。盘鸦:指妇女盘卷黑发而成的头髻。唐李贺《美人梳头歌》:"纤手却盘老鸦色,翠滑宝钗簪不得。"宋石孝友《柳梢青》:"云髻盘鸦,眉山远翠,脸晕微霞。"

③休笼彩笔闲书字:笼,犹握。彩笔,用江淹梦五色笔之典,喻指辞藻富丽之文笔。唐赵光远《咏手》:"慢笼彩笔闲书字,斜指瑶阶笑打钱。"

④街鼓:设置在京城街道的警夜鼓。宵禁开始和终止时击

鼓通报。始于唐，宋以后泛指更鼓。唐刘肃《大唐新语·厘革》："旧制，京城内金吾晓暝传呼，以戒行者。马周献封章，始置街鼓，俗号鼕（dōng）鼕，公私便焉。"挝（zhuā）：击，敲打。

⑤烟丝：指细长的杨柳枝条。袅：微风吹拂貌。

⑥露光：露水珠反射出来的光耀。南朝梁元帝《和刘尚书侍五明集诗》："露光枝宿，霞影水中轻。"这里借指露水珠。泫：露水下滴。南朝宋谢灵运《从斤竹涧越岭溪行》："岩下云方合，花上露犹泫。"

⑦春在桃花：宋周邦彦《少年游》第二："而今丽日明金屋，春色在桃枝。"清曹学佺《华林寺看梅有桃花甚开》："只惜梅花飞欲尽，不知春色在桃溪。"

# 荷叶杯

帘卷落花如雪,烟月①。谁在小红亭?玉钗敲竹乍闻声②,风影略分明③。

化作彩云飞去④,何处?不隔枕函边⑤。一声将息晓寒天⑥,肠断又今年。

【笺注】

①烟月:云雾笼罩的月亮,即朦胧的月色。唐韦庄《应天长》:"暗相思,无处说。惆怅夜来烟月。"

②玉钗敲竹:唐高适《听张立本吟诗》:"自把玉钗敲砌竹,清歌一曲月如霜。"玉钗,玉制的钗。

③风影:随风晃动的物影。这里指人影。

④化作彩云飞:唐李白《宫中行乐词八首》其一:"只愁歌舞散,化作彩云飞。"这里形容人影的婀娜多姿。

⑤枕函:中间可以藏物的枕头。

⑥将息:劝慰珍重,保重。宋谢逸《柳梢青·离别》:"香肩轻拍。尊前忍听,一声将息。昨夜浓欢,今朝别酒,明日行客。"

## 又

知己一人谁是,已矣①。赢得误他生②。有情终古似无情③,别语悔分明④。

莫道芳时易度⑤,朝暮。珍重好花天。为伊指点再来缘⑥,疏雨洗遗钿⑦。

【笺注】

①已矣:叹词。罢了,算了。

②赢得:落得,剩得。他生:来生,下一世。

③似无情:宋柳永《清平乐》:"多情争似无情。"宋欧阳修《玉楼春》:"多情翻却似无情。"宋司马光《西江月》:"相见争如不见,有情何似无情。"

④别语:离别时说的言语。宋周邦彦《蝶恋花·秋思》:"去意徘徊,别语愁难听。"

⑤芳时:花开时节,指良辰。宋欧阳修《减字木兰花》:"爱惜芳时,莫待无花空折枝。"

⑥再来缘:来生的缘分。用唐代韦皋和玉箫之典(见《采桑子·土花曾染湘娥黛》"玉箫"笺注)。

⑦遗钿:《杨妃外传》:天宝四载,贵妃进见之日,赐浴汤

泉。定情之夕,授金钗钿,合以固之。安禄山之乱,贵妃缢。上皇心念妃,命方士杨通微致其神,至蓬壶玉妃太真院,妃出问帝安否?取金钗钿合析其半,曰:"寻旧好也。"方士请当时一事不闻于人者,以为验。妃曰:"骊山宫七夕夜半,独侍上,凭肩而立。感牛、女事,誓愿世世为夫妇,此特君王知之耳。"又上元观灯或好花时节,仕女出游,遗钿堕珥时常发生,有人专门搜寻之。宋吴文英《朝中措》:"踏青人散,遗钿满路,雨打秋千。"此处可谓一语双关。

## 梅梢雪　元夜月蚀[①]

星球映彻[②]，一痕微褪梅梢雪。紫姑待话经年别[③]，窃药心灰[④]，慵把菱花揭[⑤]。

踏歌才起清钲歇[⑥]，扇纨仍似秋期洁[⑦]。天公毕竟风流绝，教看蛾眉[⑧]，特放些时缺[⑨]。

【笺注】

①元夜：元宵。

②星球：绣球灯。清陈维崧《春从天上来·壬子元夕》："回思春桥夜市，对盏盏星球、扇扇银屏。"映彻：照临，晶莹剔透貌。

③紫姑：神话中厕神名，又称子姑、坑三姑。南朝宋刘敬叔《异苑》卷五载，紫姑本为人家妾，为大妇所嫉，每以秽事相役。正月十五日激愤而死。故世人以其日作其形，夜于厕间或猪栏边迎之。一说，姓何名楣，字丽卿，为唐寿阳刺史李景之妾。宋苏轼《子姑神记》载，何楣为大妇曹氏所嫉，正月十五日夜，被杀于厕中，上帝怜悯，命为厕神。旧俗每于元

宵在厕中祀之，并迎以扶乩。正月十五日，本为农家祭祀蚕神之日。后随着紫姑神传说的流传，人们把祭祀蚕神和紫姑联系在一起，通过拜迎紫姑，占卜新年蚕年如何。南朝梁宗懔《荆楚岁时记》："正月十五日，其夕迎紫姑以卜将来蚕桑。"宋欧阳修《蓦山溪》："应卜紫姑神，问归期、相思望断。"

④窃药：《淮南子·览冥训》载，后羿得不死之药于西王母，其妻姮娥盗食之，成仙奔月。后以"窃药"喻求仙。这里指死亡的婉词。

⑤菱花：指古代菱花铜镜，多为六角形或背面刻有菱花。唐韩偓《闺怨》："时光潜去暗凄凉，懒对菱花晕晓妆。"揭：持，拿。

⑥踏歌：拉手而歌，以脚踏地为节拍。《资治通鉴·唐则天后圣历元年》："尚书位任非轻，乃为虏踏歌。"胡三省注："踏歌者，连手而歌，踏地以为节。"钲（zhēng）：古代乐器。形圆如铜锣，悬而击之。《清史稿·乐志人》："钲，范铜为之，形如桨。面平，口径八寸六分四厘，深一寸二分九厘八毫，边阔八分六厘四毫。穿六孔，两两相比，周以框，亦穿孔，以黄绒紃聊属之。左右铜钚二，系黄绒紃，悬于项而击之。"古时人们以为月蚀为天狗食月，每到农历十五便会敲铜锣打鼓，来驱赶天狗。

⑦扇：团扇。纨：素绢。扇纨，比喻皎洁的月光。汉班婕妤《怨歌行》："新裂齐纨素，皎洁如霜雪。裁成合欢扇，团团似明月。"秋期：指七夕，牛郎织女约会之期。

⑧蛾眉：蚕蛾触须细长而弯曲，因以比喻女子美丽的眉毛。这里代指蛾眉月。

⑨些时：片刻，一会儿。

# 木兰花令　拟古决绝词[1]

人生若只如初见，何事秋风悲画扇[2]？
等闲变却故人心[3]，却道故心人易变。
骊山语罢清宵半，泪雨零铃终不怨[4]。
何如薄幸锦衣郎[5]，比翼连枝当日愿。

【笺注】

①拟古：诗文仿效古人的风格形式。如汉扬雄拟《易》作《太玄》，拟《论语》作《法言》，以及《文选》中的"杂拟"等。后成为诗体之一。作者仿效的是唐元稹的《决绝词》。决绝：永别。决，通"诀"。

②秋风悲画扇：用汉朝班婕妤之典。班婕妤曾是汉成帝妃，遭赵飞燕妒忌，被打入冷宫。凄凉境遇之下，以团扇自喻，写了《怨歌行》："新裂齐纨素，皎洁如霜雪。裁作合欢扇，团圆似明月。出入君怀袖，动摇微风发。常恐秋节至，凉飙夺炎热。弃捐箧笥中，恩情中道绝。"

③等闲：轻易，随便。故人心：《古诗十九首·客从远方来》："相去万余里，故人心尚尔。"南朝齐谢朓《同王主簿怨情》："故人心尚永，故心人不见。"

④骊山语罢清宵半,泪雨零铃终不怨:用唐玄宗与杨贵妃之典。《太真外传》载:"天宝十载,侍辇避暑骊山宫。秋七月,牵牛织女相见之夕。上凭肩而望,因仰天感牛女事,密相誓心:愿世世为夫妇。言毕,执手各呜咽,此独君王知之耳。"唐白居易《长恨歌》"在天愿作比翼鸟,在地愿作连理枝"对此做了生动的描写。后安史之乱爆发,玄宗入蜀,于马嵬坡赐死杨贵妃。杨死前云:"妾诚负国恩,死无恨矣。"后唐玄宗于途中闻雨声、铃声,悲伤至极,有感而发作《雨霖铃》寄托哀思之情。

⑤薄幸锦衣郎:锦衣,精美华丽的衣服,为显贵者所穿。锦衣郎,薄幸:薄情,负心。清洪昇《长生殿·怂合》:"从来薄幸男儿辈,多负了佳人意。"这里指唐玄宗。

# 长相思①

　　山一程,水一程,身向榆关那畔行②,夜深千帐灯③。
　　风一更,雪一更,聒碎乡心梦不成④,故园无此声。

【笺注】

①长相思:康熙二十一年(1682)二月十五日,词人随从康熙诣永陵、福陵、昭陵告祭,二十三日出山海关,此词当作于此行之中。清高士奇《东巡目录》:"二月丁未(二十九日),东风作寒,急雨催暮,夜更变雪。驻跸广宁县羊肠河东。"

②榆关:古称渝关、临榆关、临渝关,明改为今名,在今河北省秦皇岛市。那畔:犹那边,即山海关外。

③夜深千帐灯:千帐,极写营帐之多。此句被王国维《人间词话》评为是与"明月照积雪""大江流日夜""中天悬明月""黄河落日圆"之类"差近之"的"千古壮观"。

④聒(guō):声嘈杂而让人觉得烦扰。这里指风雪声。宋柳永《爪茉莉·秋夜》:"残蝉噪晚,甚聒得、人心欲醉。"

213

# 朝中措

蜀弦秦柱不关情①,尽日掩云屏②。已惜轻翎退粉③,更嫌弱絮为萍④。
东风多事,馀寒吹散,烘暖微醒⑤。看尽一帘红雨⑥,为谁亲系花铃⑦?

【笺注】

①蜀弦:即蜀琴。汉蜀郡司马相如所用的琴。相传相如工琴,故名。亦泛指蜀中所制的琴。宋晏殊《更漏子》:"蜀弦高,羌管服。"秦柱:犹秦弦。指秦国筝瑟之类的弦乐器。柱,瑟、筝等拨弦乐器架弦的码子。关情:动心,牵动情怀。

②云屏:有云形彩绘或用云母作装饰的屏风。唐韦庄《天仙子》:"梦觉云屏依旧空。"

③轻翎退粉:蝴蝶翅上的粉屑在交尾后粉会退去。宋罗大经《鹤林玉露》卷十四:"杨东山言,道藏经云,蝶交则粉退,蜂交则黄退。"

④弱絮:轻柔的柳絮。宋周紫芝《西江月》:"池面风翻弱絮,树头雨退嫣红。"古人以,柳絮飘落水面,形成浮萍。宋苏轼《水龙吟·次韵章质夫杨花词》:"晓雨来过,遗踪何

在?一池萍碎。"

⑤醒(chéng):病酒,酒醉后神志不清。《诗·小雅·节南山》:"忧心如醒,谁秉国成。"毛传:"病酒曰醒。"

⑥红雨:比喻落花。唐李贺《将进酒》:"况是青春日将暮,桃花乱落如红雨。"

⑦花铃:用以惊吓鸟雀的护花铃。五代王仁裕《开元天宝遗事·花上金铃》:"至春时,放后园中纫红丝为绳,密缀金铃,系于花梢之上。每有鸟鹊集,则令园吏掣铃索以惊之,蓋惜花之故也。"

## 寻芳草　萧寺记梦

客夜怎生过？梦相伴绮窗吟和。薄嗔佯笑道①，若不是恁凄凉，肯来么？

来去苦匆匆，准拟待晓钟敲破。乍偎人一闪灯花堕，却对著琉璃火②。

【笺注】

①薄嗔：假装恼怒。

②琉璃火：指玻璃灯，用玻璃制作的油灯，多用于寺庙中。清陈维岳《满江红·福庵感旧》："梵阁下，琉璃火。禅榻上，蒲团坐。"

## 遐方怨

　　欹角枕[①]，掩红窗。梦到江南伊家，博山沉水香[②]。浣裙归晚坐思量[③]。轻烟笼浅黛[④]，月茫茫。

【笺注】

　　①欹：通"倚"，斜倚，斜靠。角枕：角制的或用角装饰的枕头。

　　②博山：见《浣溪沙·脂粉塘空遍绿苔》笺注。沉水香：即沉香木。明李时珍《本草纲目·木一·沉香》："（沉香）木之心节置水则沉，故名沉水，亦曰水沉。"这里指这种香点燃时所生的烟或香气。博山沉香，象征男女爱情。《乐府诗集·杨叛儿》："暂出白门前，杨柳可藏乌。欢作沉水香，侬作博山炉。"后唐诗人李白借乐府诗创作《杨叛儿》，其中有"博山炉中沉香火，双烟一气凌紫霞"，比喻男女两情之好。

　　③浣裙：即湔裳。古代风俗，指农历正月元日至月晦，女子在水边洗衣，以避灾祸。隋杜台卿《玉烛宝典》卷一："（农历正月）元日至于月晦，民并为醺食、渡水，士女悉湔裳、酹

酒于水湄,以为度厄。"注:"今世唯晦日临河解除,妇女或湔裙也。"

④浅黛:远处的山色。

## 秋千索　渌水亭春望[①]

垆边唤酒双鬟亚[②]，春已到卖花帘下。一道香尘碎绿苹[③]，看白袷亲调马[④]。

烟丝宛宛愁萦挂[⑤]，剩几笔晚晴图画[⑥]。半枕芙蕖压浪眠[⑦]，教费尽莺儿话[⑧]。

【笺注】

①渌水亭：在北京什刹后海北岸，是纳兰家中园亭，词人在此与朋友聚会，同时也是词人吟诗作赋、研读经史、著书立说的主要场所。此词当作于康熙二十四年（1685）。

②垆：旧时酒店里安放酒瓮的土台子，这里借指酒家。双鬟：古代年轻女子的两个环形发髻。这里指酒家婢女。亚：通"压"，指婢女从酒槽中把酒按压出来。唐李白《金陵酒肆留别》："风吹柳花满店香，吴姬压酒劝客尝。"

③香尘：芳香之尘。多指女子涉履而起者。晋王嘉《拾遗记·晋时事》："（石崇）又屑沉水之香如尘末，布象床上，使所爱者践之。"绿苹：又称水苹，浮萍。浮在水面，叶绿色，夏天开小白花。

④白袷（jiá）：白色夹衣。

⑤烟丝：指细长的杨柳枝条。宛宛：细弱貌。唐陆羽《小苑春望宫池柳色》："宛宛如丝柳，含黄一望新。"

⑥晚晴：傍晚晴朗的天色。

⑦芙蕖：荷花。

⑧教费尽莺儿话：宋王安石《清平乐》："留春不住，费尽莺儿语。"

# 又

药阑携手销魂侣①,争不记看承人处②。除向东风诉此情,奈竟日春无语③。

悠扬扑尽风前絮,又百五韶光难住④。满地梨花似去年⑤,却多了廉纤雨⑥。

【笺注】

①药阑携手销魂侣:宋赵长卿《长相思》:"药阑东,药阑西,记得当时素手携。"药阑,芍药之栏。

②争:犹怎。看承:护持,照顾。宋柳永《击梧桐》:"自识伊来,便好看承,会得妖娆心素。"宋吴淑姬《祝英台近·春恨》:"断肠曲曲屏山,温温沉水,都是旧,看承人处。"

③竟日:终日,整天。

④百五:寒食日。在冬至后的一百零五天,故名。南朝梁宗懔《荆楚岁时记》:"去冬至节一百五日,即有疾风甚雨,谓之寒食。禁火三日,造饧,大麦粥。"韶光:美好的时光,常指春光。

⑤满地梨花:唐刘方平《春怨》:"寂寞空庭春欲晚,梨

花满地不开门。"五代前蜀尹鹗《清平乐》:"雨打梨花满地。"

⑥廉纤:细小,细微。这里形容微雨。宋晏几道《生查子》:"无端轻薄云,暗作廉纤雨。"宋周邦彦《虞美人》:"廉纤小雨池塘遍。"

# 又

游丝断续东风弱①,浑无语半垂簾幙。茜袖谁招曲槛边②,弄一缕秋千索③。

惜花人共残春薄,春欲尽纤腰如削④。新月才堪照独愁,却又照梨花落⑤。

【笺注】

①游丝:指蜘蛛等吐的飘荡在空中的丝。

②茜袖:用茜草染就的红袖。茜,绛红色。这里借指美女。后唐孙光宪《菩萨蛮》:"客帆风正急,茜袖偎榄立。"曲槛:曲折的栏杆。

③索:粗绳。这里指秋千的绳索。宋朱淑真《生查子》:"无绪倦寻芳,闲却秋千索。"

④纤腰如削:南朝梁简文帝《七励》:"发鬟如点,纤腰成削。"

⑤梨花落:宋朱淑真《生查子》:"不忍卷帘看,寂寞梨花落。"

# 又

锦帷初卷蝉云绕①,却待要起来还早②。不成薄睡倚香篝③,一缕缕残烟袅。

绿阴满地红阑悄,更添与催归啼鸟④。可怜春去又经时⑤,只莫被人知了。

【笺注】

①锦帷:锦帐。蝉云:蝉鬓形的发式像乌云一样盘绕着。宋李莱老《点绛唇》:"香衬蝉云湿。"

②却待:正要。

③不成:助词。用于句首,表示反诘。香篝:熏笼。一种覆盖于火炉上供熏香、烘物和取暖用的器物。

④催归:杜鹃。相传为古蜀王杜宇之魂所化。春末夏初,常昼夜啼鸣,其声哀切。南朝宋鲍照《拟行路难》诗之六:"中有一鸟名杜鹃,言是古时蜀帝魂。其声哀苦鸣不息,羽毛憔悴似人髡。"

⑤经时:历久。

\* 此词补遗自《纳兰词》,许增编,清光绪六年娱园刻本。

# 茶瓶儿

　　杨花糁径樱桃落①。绿阴下晴波燕掠②。好景成担阁③。秋千背倚,风态宛如昨④。

　　可惜春来总萧索。人瘦损纸鸢风恶⑤。多少芳笺约⑥,青鸾去也⑦,谁与劝孤酌。

【笺注】

　　①糁(sǎn):散落。唐杜甫《绝句漫兴》:"糁径杨花铺白毡,点溪荷叶叠青钱。"宋潘汾《贺新郎》:"芳草王孙知何处,惟有杨花糁径。"樱桃落:五代南唐李煜《临江》:"樱桃落尽春归去,蝶翻金粉双飞。"

　　②晴波:阳光下的水波。清仲恒《南歌子·春闺》:"燕掠晴波远,莺啼柳色新。"

　　③担阁:拖延,耽误。

　　④风态:犹风姿。清梁清标《蝶恋花》:"风雨摧花,不许朱颜老。浅笑微颦风态查。"

　　⑤瘦损:消瘦。纸鸢(yuān):俗称风筝。古代曾用于军事通讯,相传为汉韩信所做。五代李邺于官中作纸鸢,引线乘

风为戏,于鸢首以竹为笛,使风入响声如筝鸣。后民间多用作春季室外娱乐之具。陆游《新秋感事》:"风际纸鸢那解久,祭余刍狗会堪哀。"

⑥芳笺:带芳香的信笺。宋陆游《闺思》:"芳笺寄与何处,绣闺珠栊。"

⑦青鸾:古代传说中凤凰一类的神鸟。赤为凤,青为鸾。唐李白《凤凰曲》:"青鸾不独去,更有携手人。"谓女子。

## 好事近

帘外五更风①,消受晓寒时节②。刚剩秋衾一半③,拥透帘残月④。

争教清泪不成冰⑤,好处便轻别⑥。拟把伤离情绪,待晓寒重说。

【笺注】

①帘外五更风:宋无名氏《浪淘沙》:"帘外五更风,吹梦无踪。"

②消受:禁受,忍受。

③刚剩秋衾一半:被子多出一半,意喻孤枕难眠。宋石孝友《醉落魄》:"夜深秋气生帘幕,半衾依旧空闲却。"宋洪瑹《行香子》:"秋衾半冷,窗月窥人。"

④透帘残月:唐温庭筠《宿城南之友别墅》:"还似昔年残梦里,透帘斜月独闻莺。"五代前蜀魏承班《满宫花》:"寒夜长,更漏永。愁见透帘月影。"

⑤清泪、成冰:唐刘商《古意》:"风吹昨夜泪,一片枕前冰。"宋苏轼《江神子》:"风紧离亭,冰结泪珠圆。"

⑥好处便轻别:宋吴潜《满江红》:"缘底事,春才好处,又成轻别。"好处,这里特指欢合情浓之时。

## 又

何路向家园?历历残山剩水①。都把一春冷淡,到麦秋天气②。

料应重发隔年花③,莫问花前事。纵使东风依旧,怕红颜不似。

【笺注】

①残山剩水:唐杜甫《陪郑广文游何将军山林》诗之五:"剩水沧江破,残山碣石开。"残山,荒芜的山。剩水,凋残的水。

②麦秋:麦熟的季节,通指农历四、五月。《礼记·月令》:"(孟夏之月)靡草死,麦秋至。"陈澔集说:"秋者,百谷成熟之期。此于时虽夏,于麦则秋,故云麦秋。"

③隔年花:去年的花。宋马令《南唐书·昭惠周后传》:"(后主)又尝与后移植梅花于瑶光殿之西,及花时而后已殂,因成诗见意……又云:失却烟花主,东风自不知。清香更何用,犹发去年枝。"

# 又

马首望青山,零落繁华如此①。再向断烟衰草②,认藓碑题字③。

休寻折戟话当年④,只洒悲秋泪。斜日十三陵下,过新丰猎骑⑤。

【笺注】

①零落:衰颓败落。

②断烟:孤烟。唐徐坚《饯许州宋司马》:"断烟伤别望,零雨送离怀。"

③藓碑:长满苔藓的古碑。宋林景熙《禹庙》:"年年送春事,来拂藓碑看。"

④折戟:"折戟沉沙"的省称。断戟沉埋在沙里,形容失败惨重。唐杜牧《赤壁》:"折戟沉沙铁未销,自将磨洗认前朝。"

⑤新丰:县名,治所在今陕西省临潼县西北,本秦骊邑。汉高祖定都关中,其父太上皇居长安宫中,思乡心切,郁郁不乐。高祖乃依故乡丰邑街里房舍格局改筑骊邑,并迁来丰民,改称新丰。据说士女老幼各知其室,从迁的犬羊鸡鸭亦竟识其

家。太上皇居新丰，日与故人饮酒高会，心情愉快。后用作新兴贵族游宴作乐及富贵后与故人聚饮叙旧之典。唐王维《观猎》："忽过新丰市，还归细柳营。"猎骑：骑马行猎。

## 太常引　自题小照

西风乍起峭寒生①，惊雁避移营②。千里暮云平③，休回首长亭短亭④。

无穷山色，无边往事，一例冷清清⑤。试倩玉箫声，唤千古英雄梦醒。

【笺注】

①峭寒：犹料峭寒意，形容微寒。宋杨无咎《传言玉女》："料峭寒生，知是那番花信。"

②惊雁：惊鸿。

③千里暮云平：唐王维《观猎》："回看射雕处，千里暮云平。"

④长亭短亭：旧时城外大道旁，五里设短亭，十里设长亭，为行人休憩或送别之所。北周庾信《哀江南赋》："十里五里，长亭短亭。"

⑤一例：一律，同等。

## 又

晚来风起撼花铃①,人在碧山亭。愁里不堪听,那更杂泉声雨声。

无凭踪迹,无聊心绪,谁说与多情。梦也不分明②,又何必催教梦醒。

【笺注】

①撼:动,摇动。花铃:见《朝中措·蜀弦秦柱不关情》笺注。

②梦也不分明:宋周邦彦《木兰花传》:"恶嫌春梦不分明,忘了与伊相见处。"

## 转应曲

明月,明月,曾照个人离别①。玉壶红泪相偎②。还似当年夜来③。来夜,来夜,肯把清辉重借④?

【笺注】

①明月,明月,曾照个人离别:南唐冯延巳《三台令》:"明月,明月,照得离人愁绝。"

②玉壶红泪:指妇人悲伤落泪。晋王嘉《拾遗记·魏》:"时文帝选良家子女,以入六宫。习以千金宝赂聘之。既得,便以献文帝。灵芸闻别父母,歔欷累日,泪下沾衣。至升车就路之时,以玉唾壶盛泪壶中,即如红色。既发常山,及至京师,壶中泪凝如血。"

③夜来:三国魏文帝宫中美人薛灵芸的别名。晋王嘉《拾遗记·魏》:"文帝所爱美人,姓薛名灵芸,常山人也……灵芸未至京师十里,帝乘雕玉之辇,以望车徒之盛,嗟曰:'昔者言:朝为行云,暮为行雨。今非云非雨,非朝非暮。'改灵芸之名曰'夜来'。"

④肯把清辉重借：晋王嘉《拾遗记》载："夜来妙于针工，虽处于深帷之内，不用灯烛之光，裁制立成。非夜来缝制，帝则不服。宫中号为'针神'也。"清辉：清光。这里指灯烛的光辉。

## 山花子

林下荒苔道韫家①,生怜玉骨委尘沙②。愁向风前无处说,数归鸦③。

半世浮萍随逝水④,一宵冷雨葬名花。魂似柳绵吹欲碎,绕天涯⑤。

【笺注】

①道韫:谢道韫,典出《世说新语·贤媛》。参见《眼儿媚·林下闺房世罕俦》"林下"笺注。

②生怜:可怜。委尘沙:冰肌玉骨般的美女死后,终为泥土尘沙掩没。南朝宋鲍照《芜城赋》:"东都妙姬,南国丽人,蕙心纨质,玉貌绛唇,莫不埋魂幽石,委骨穷尘。"

③数归鸦:宋辛弃疾《虞美人》:"佳人何处,数尽归鸦。"

④浮萍:本意为浮生在水面上的草本植物。这里比喻飘泊无定的身世或变化无常的人世间。晋傅玄《明月篇》:"浮萍本无根,非水将何依。"

⑤一宵冷雨葬名花:宋周邦彦《六丑·落花》:"为问花何在,夜来风雨,葬楚宫倾国。"

⑥柳绵吹欲碎,绕天涯:柳绵,柳絮。五代顾夐《虞美人》:"教人魂梦逐杨花,绕天涯。"

# 又

昨夜浓香分外宜①,天将妍暖护双栖②。桦烛影微红玉软③,燕钗垂④。

几为愁多翻自笑,那逢欢极却含啼。央及莲花清漏滴⑤,莫相催。

【笺注】

①昨夜浓香:清徐轨《减字木兰花》:"昨夜浓香似梦中。"宜:合适。宋辛弃疾《一剪梅》:"酒入香腮分外宜。"

②妍暖:晴朗暖和。宋黄庭坚《戏和舍弟船场探春》:"莫听游人待妍暖,十分倾酒对春寒。"双栖:飞禽雌雄共同栖止,比喻夫妻共处。南唐冯延巳《应天长》:"双栖人莫妒。"

③桦烛:用桦木皮卷成的烛。红玉:红色宝玉,比喻美人肌色。《西京杂记》卷一:"赵后体轻腰弱,善行步进退,女弟昭仪,不能及也。但昭仪弱骨丰肌,尤工笑语。二人并色如红玉。"

④燕钗:旧时妇女别在发髻上的燕形钗。玉燕钗,郭宪《洞冥记》卷二:"神女留玉钗以赠帝,帝以赐赵婕妤。至昭帝元凤中,宫人犹见此钗。黄諴欲之。明日示之,既发匣,有

白燕飞升天。后官人学作此钗,因名玉燕钗,言吉祥也。"

⑤央及:请求,恳求。莲花漏:古代的一种计时器。唐李肇《唐国史补》卷中:"初,惠远以山中不知更漏,乃取铜叶制器,状如莲花,置盆水之上,底孔漏水,半之则沉。每昼夜十二次,为行道之节,虽冬夏短长、云阴月黑,亦无差也。"唐李贺《湖中曲》:"燕钗玉股照青渠,越王娇郎小字书。"

# 又

风絮飘残已化萍①,泥莲刚倩藕丝萦②。珍重别拈香一瓣③,记前生④。

人到情多情转薄,而今真个悔多情⑤。又到断肠回首处,泪偷零。

【笺注】

①风絮:随风飘悠的絮花,多指柳絮。飘残:指飘零凋残的花叶。

②泥莲:指荷塘中的莲花。倩(qìng):倚近,挨近。

③拈香:撮香焚烧以敬神佛。一瓣:犹一粒、一片、一炷。

④记前生:《晋书·王坦之传》载,王坦之于竺法师交情甚厚,常一起谈论因果报应,约定两人先死的那个要向后死的那个报知自己死后的事。过了一年,竺法师突然来说:"我已经死了,知道因果报应分毫不爽。应该勤修道德以升天成为神明。"说完人就不见了。不久,王坦之也去世了。这里或为词人与已经去世的妻子卢氏相约来世。

⑤悔多情:五代前蜀顾敻《虞美人》:"旧欢时有梦魂惊,悔多情。"

## 摊破浣溪沙①

欲话心情梦已阑②,镜中依约见春山③。方悔从前真草草④,等闲看。

环佩只应归月下⑤,钿钗何意寄人间。多少滴残红蜡泪⑥,几时干?

【笺注】

①摊破浣溪沙:词牌名,又名"山花子"。①梦已阑:梦醒。宋辛弃疾《南乡子·舟中记梦》:"欲说换休梦已阑。"

②春山:春日山色黛青。这里喻指妇人姣好的眉毛。五代前蜀牛峤《酒泉子》:"钿车纤手卷帘望,眉学春山样。"

③方悔从前真草草:清彭孙遹《卜算子》:"草草百年身,悔杀从前错。"草草,匆忙仓促的样子。

④环佩:女子所佩的玉饰。这里指女子。唐杜甫《咏怀古迹》:"画图省识春风面,环佩空归月夜魂。"

⑤蜡泪:即烛泪。指蜡烛燃烧时淌下的液态蜡。唐李商隐《无题》:"春蚕到死丝方尽,蜡炬成灰泪始干。"宋贺铸《感皇恩》:"恼人红蜡烛,啼相对。"

# 又

小立红桥柳半垂,越罗裙飐缕金衣①。采得石榴双叶子②,欲贻谁?便是有情当落日③,只应无伴送斜晖④。寄语东风休著力,不禁吹⑤。

【笺注】

①越罗:越地所产的丝织品,以轻柔精致著称。唐温庭筠《归国谣》:"越罗春水渌。"缕金衣:即缀有金线的衣服。五代前蜀李珣《浣溪沙》:"缕金衣透雪肌香。"

②石榴双叶子:双叶,成双成对的叶子,诗中象征情侣相思。宋黄庭坚《江城子·忆别》:"寻得石榴双叶子,凭寄与、插云鬟。"明王彦泓《无绪》:"空寄石榴双叶子,隔帘消息正沉沉。"

③当落日:唐杜甫《喜达行在所三首》之一:"眼穿当落日,心死著寒灰。"

④送斜晖:唐李商隐《落花》:"参差连曲陌,迢递送斜晖。"

⑤不禁:经受不住。

# 又

　　一霎灯前醉不醒，恨如春梦畏分明①。
淡月淡云窗外雨，一声声。
　　人道情多情转薄，而今真个不多情。
又听鹧鸪啼遍了②，短长亭。

【笺注】

　　①春梦分明：唐张泌《寄人》："倚柱寻思倍惆怅，一场春梦不分明。"清陈维崧《前调·梦起》："春梦太分明，关人半日晴。"真个：真的，确实。

　　②鹧鸪：中国南方留鸟。形似雌雉，头如鹑，胸前有白圆点。背毛有紫赤浪纹，足黄褐色。古人谐其鸣声为"行不得也哥哥"，诗文中常用以表示思念故乡。《文选·左思〈吴都赋〉》："鹧鸪南翥而中留，孔雀綷羽以翱翔。"刘逵注："鹧鸪，如鸡，黑色，其鸣自呼。或言此鸟常南飞不止。豫章以南诸郡处处有之。"

*此词补遗自《昭代词选》卷九，蒋重光编，清乾隆三十二年经锄堂刻本。

# 菩萨蛮

窗前桃蕊娇如卷①,东风泪洗胭脂面②。人在小红楼③,离情唱石州④。

夜来双燕宿,灯背屏腰绿⑤。香尽雨阑珊⑥,薄衾寒不寒⑦。

【笺注】

①窗前桃蕊:唐温庭筠《春暮宴罢寄宋寿先辈》:"窗间桃蕊宿妆在,雨后牡丹春睡浓。"桃蕊,桃花花苞。这里借指女子。如卷:明姚汝循《雨后行园》:"柳似酣眠容,花如倦舞人。"

②东风:指春风。唐白居易《后宫词》:"三千宫女胭脂面,几个春来无泪痕。"南唐冯延巳《归国谣》:"泪珠滴破胭脂脸。"

③红楼:红色的楼。泛指华美的楼房。人在小红楼,宋施枢《摸鱼儿》:"人在小红楼,朱帘半卷,香注玉壶露。"

④石州:乐府商调曲名。唐李商隐《代赠》诗之二:"东南日出照高楼,楼上离人唱石州。"石州,原为胡部音乐,后从边地传入中国,起初作为唐代宫廷教坊大曲,后流传到民

间。石州传达离别之情,成为相思的代名词。

⑤绿:黑。这里指双燕背灯而宿,身影投射到屏风的中间位置,显得灰暗不清。

⑥两阑珊:两将尽。

⑦薄衾寒不寒:宋朱淑真《阿那曲》:"薄衾无奈五更寒,杜鹃叫落西楼月。"

## 又

朔风吹散三更雪,倩魂犹恋桃花月①。梦好莫催醒,由他好处行②。

无端听画角③,枕畔红冰薄④。塞马一声嘶,残星拂大旗⑤。

【笺注】

①倩魂:少女的梦魂。桃花月:农历二月,这里喻指男女温存、两情相悦之时。

②好处:美好的时候,美好的处所。

③画角:从西羌传入的管乐器。形如竹筒,本细末大,以竹木或皮革等制成,因表面有彩绘,故称。发声哀厉高亢,古时军中多用以警昏晓,振士气,肃军容。

④红冰:喻泪水。形容感怀之深。五代王仁裕《开元天宝遗事·红冰》:"杨贵妃初承恩召,与父母相别,泣涕登车,时天寒,泪结为红冰。"宋方千里《醉桃源》:"去时情泪滴落红冰,西风吹涕零。"

⑤拂:掠过。

## 又[①]

问君何事轻离别,一年能几团圆月?杨柳乍如丝[②],故园春尽时。

春归归不得,两桨松花隔[③]。旧事逐寒潮[④],啼鹃恨未消[⑤]。

【笺注】

①这首作品在1982年中华书局影印本的《瑶华集》中有副标题"大兀剌"。《瑶华集》乃清代词人蒋景祁搜罗清初顺治、康熙间词作精华,"凡有去取,必三复详慎而后定。"所辑成行世。据记载,这首作品作于康熙二十一年(1682)春,纳兰扈从出巡之时。

②杨柳乍如丝:南朝梁沈约《杂咏五首》之"咏春":"杨柳乱如丝,绮罗不自持。"唐刘希夷《春女行》:"愁心伴杨柳,春尽乱如丝。"

③两桨:古乐府《莫愁乐》:"艇子打两桨,催送莫愁来。"南朝梁江淹《西洲曲》:"西洲在何处,两桨桥头渡。"松花:谓松花江。

④旧事逐寒潮:康熙初东北流人张缙彦《宁古塔山水

记》:"有大乌喇者,每遇阴雨,多闻鬼器。则中夜狂沸铁马金戈之声,如万马奔腾,盖尝系灭国古战场也。"大乌喇虞村为叶赫部的旧地。明万历四十七年(1619),清太祖努尔哈赤打败海西女真叶赫部。叶赫部贝勒金台什即词人纳兰性德曾祖,被努尔哈赤缢死,叶赫部遂亡。词人作这首词时,距叶赫之亡仅六十多年,站在先祖旧地,回想历历往事,词人心生感慨。旧事,这里即指词人先祖之事。

⑤啼鹃:用蜀主杜宇失位之典。《成都记》:"望帝死,其魂化为鸟,名曰杜鹃。"《埤雅》:"杜鹃一名子规,夜啼达旦,血渍草木。"

# 又　为陈其年题照[①]

乌丝曲倩红儿谱[②],萧然半壁惊秋雨[③]。曲罢鬈鬟偏[④],风姿真可怜[⑤]。

须髯浑似戟[⑥],时作簪花剧[⑦]。背立讶卿卿[⑧],知卿无那情[⑨]。

【笺注】

①陈其年:陈维崧,字其年,号迦陵,明末清初文学家,江苏宜兴人。清初曾浪游南北,文名远播。康熙十七年(1678)入京,与词人结识。词人所咏之图为《迦陵填词图》,广东著名诗僧大汕所绘。画中陈其年拈髯持笔而坐,旁边的蕉叶上坐一女郎,手按洞箫,膝横琵琶。画作上有题字:"岁在戊午闰三月二十四日,为其翁维摩传神,释汕。"

②乌丝曲:陈维崧的词集初名《乌丝词》。红儿:唐代名妓杜红儿。《太平广记》卷二七三:"罗虬词藻富赡,与宗人隐、邺齐名。咸通乾符中,时号'三罗'。广明庚子(880)乱后,去从郦州李孝恭。籍中有红儿者,善为音声,常为副戎属意。会副戎聘邻道,虬请红儿歌而赠之缯彩。孝恭以副车所盼,不令受之。虬怒,拂衣而起。诘旦,手刃红儿。既而思

之,乃作绝句百编,号《比红儿诗》,大行于时。"清尤侗《浣溪纱》"题陈其年小题"词:"乌丝阑写懊侬歌,红儿解唱定风波。"后用以泛称歌妓。

③萧然:空寂,萧条。惊秋雨:形容乐声之动人,感天动地下起秋雨。唐李贺《李凭箜篌引》:"女娲炼石补天处,石破天惊逗秋雨。"

④髻鬟:古代妇女发式,将头发环曲束于顶。五代后蜀欧阳炯《浣溪沙》:"独掩画屏愁不语,斜倚瑶枕髻鬟偏。"

⑤风姿:风度仪态。五代后蜀欧阳炯《女冠子》:"恰似轻盈女,好风姿。"

⑥须髯浑似戟:《南史·褚彦回传》:"公须髯如戟,何无丈夫意。"髯,胡须。戟,古代兵器。合戈、矛为一体,略似戈,兼有戈之横击、矛之直刺两种作用,杀伤力比戈、矛强。《清史稿·陈维崧传》:"维崧清多髭须,海内称陈髯。"

⑦簪花:戴花。宋陈师道《木兰花减字》:"白发簪花我自羞。"剧:游戏,嬉闹。簪花剧,戴花游戏。

⑧讶:惊诧,疑怪。卿卿:上"卿"字为动词,谓以卿称之;下"卿"字为代词,犹言你。两"卿"连用,作为相互亲昵之称。南朝宋刘义庆《世说新语·惑溺》:"王安丰妇常卿安丰,安丰曰:'妇人卿婿,于礼为不敬,后勿复尔。'妇曰:'亲卿爱卿,是以卿卿;我不卿卿,谁当卿卿?'遂恒听之。"

⑨无那(nuò):犹无限。宋欧阳修《一斛珠》:"绣床斜凭情无那。"

# 又　宿滦河[①]

玉绳斜转疑清晓[②]，凄凄月白渔阳道[③]。星影漾寒沙[④]，微茫织浪花[⑤]。

金笳鸣故垒，唤起人难睡。无数紫鸳鸯[⑥]，共嫌今夜凉。

【笺注】

①滦河：古称濡水，在今河北省，北京至山海关必经之地。词人扈清圣祖谒遵化孝陵，经滦河，驻跸河岸两次，一为康熙十七年（1678）十月，一为康熙二十年（1681）十一月。此词所描写的内容，合乎当时的节令。

②玉绳：北斗第五星之北两星，这里代指北斗星。《文选·张衡〈西京赋〉》："上飞闼而仰眺，正睹瑶光与玉绳。"李善注引《春秋元命苞》曰："玉衡北两星为玉绳。"清晓：天刚亮时。秋夜半，玉绳自西北渐渐移转，慢慢沉降，时近晓。宋苏轼《洞仙歌·冰肌玉骨》："夜已三更，金波淡，玉绳低转。"

③月白：月色皎洁。渔阳：战国燕置渔阳郡，秦汉治所在渔阳（今北京市密云县西南）。唐玄宗天宝元年改蓟州为渔阳郡，治所在渔阳（今天津市蓟县）。

④星影：宋无名氏《降仙台》："星影疏动与天流，漏尽五更筹。"寒沙：寒冷季节的沙滩。清朱彝尊《满江红·塞上咏苇》："绝塞凄清，又谁把、秋声留住，斜阳外，塞沙摇漾，乱山无主。"漾：飘动、晃动。

⑤微茫：隐约模糊。这里指夜里斗转星移，夜色深沉。唐韦庄《江城子》："角声呜咽，星斗渐微茫。"宋周邦彦《庆春宫》："倦途休驾，澹烟里、微茫见星。"

⑥紫鸳鸯：鸂（xī）鶒（chì），形大于鸳鸯的水鸟，多紫色，好并游。明清时七品文官官服补子上多绣此图案。这里指边塞官员。

# 又

荒鸡再咽天难晓①,星榆落尽秋将老②。毡幕绕牛羊③,敲冰饮酪浆④。

山程兼水宿⑤,漏点清钲续⑥。正是梦回时,拥衾无限思⑦。

【笺注】

①荒鸡:指三更前啼叫的鸡。唐令狐楚《从军行》:"荒鸡隔水啼,汗马逐风嘶。"

②星榆:繁星。《玉台新咏·古乐府·陇西行》:"天上何所有,历历种白榆。"宋杨亿《禁中庭树》:"霜挂丹丘路,星榆北斗城。"

③毡幕:毡制的帐蓬,古代北方游牧民族以为居室。

④酪浆:牛羊等的乳制品。汉李陵《答苏武书》:"羶肉酪浆,以充饥渴。"唐刘商《胡笳十八拍》"第十七拍"马饥跑雪衔草根,人渴敲冰饮流水。

⑤山程:行路于山中。水宿:在水边过夜。

⑥漏点:漏壶滴下的水点声。宋辛弃疾《蝶恋花·宋郑元英》:"莫响城头听漏点。说与行人,默默情千万。总是离愁无

近远。"钲（zhēng）：击打型的军乐器。《诗经·小雅·采芑》："钲人伐鼓，陈师鞠旅。"毛传："钲以静之，鼓以动之"。

⑦拥衾：半卧以被裹护下体。

# 又

新寒中酒敲窗雨[①]，残香细袅秋情绪[②]。才道莫伤神，青衫湿一痕[③]。

无聊成独卧[④]，弹指韶光过[⑤]。记得别伊时，桃花柳万丝。

【笺注】

①新寒：天气开始转冷。宋陆游《闷极有作》："新寒压酒夜，微雨种花时。"中酒：饮酒半酣。《汉书·樊哙传》："项羽既飨军士，中酒，亚父谋欲杀沛公。"颜师古注："饮酒之中也。不醉不醒，故谓之中。"敲窗雨：明谢榛《东园秋怀二首》："敲窗作风雨，不减去年秋。"

②袅：缭绕，缠绕。秋情绪：悲秋之情。宋柳永《雪梅香》："动悲秋绪，当时宋玉同。"

③青衫：唐制，文官八品、九品服以青。唐白居易《琵琶行》："座中泣下谁最多？江州司马青衫湿。"后借指失意的官员。

④无聊：无可奈何。

⑤弹指：捻弹手指作声，佛家多喻时间短暂。《翻译名义集·时分》："《僧祇》云，二十念为一瞬，二十瞬名一弹指。"

# 又

　　白日惊飚冬已半①，解鞍正值昏鸦乱②。冰合大河流③，茫茫一片愁。

　　烧痕空极望④，鼓角高城上⑤。明日近长安⑥，客心愁未阑⑦。

**【笺注】**

　　①白日惊飚冬已半：康熙二十三年（1684）冬，词人扈从康熙帝南巡返程时即将抵达京城途中创作此篇作品。据徐乾学所作词人墓志铭："上之幸海子、沙河……及登东岳，幸阙里，省江南，未尝不从。"《清实录》康熙二十三年九月，"丁亥，以圣驾东巡，颁诏天下"。十一月，"康寅，上回宫"。惊飚：突发的暴风，狂风。

　　②解鞍：解下马鞍，表示停驻。宋姜夔《扬州慢》："解鞍少驻初程。"

　　③冰合：冰封。北周王褒：《饮马长城窟》："雪深无复道，冰合不生波。"大河：黄河。

　　④烧痕：野火的痕迹。极望：满目，放眼远望。

　　⑤鼓角：战鼓和号角，军队用以报时、警众或发出号令。

宋陆游《秋晚》:"牛羊下残照,鼓角动高城。"

⑥长安:这里代指京师。

⑦客心:旅人之情,游子之思。南朝谢朓《暂使下都夜发新林至京邑赠西府同僚》:"大江流日夜,客心悲未央。"

## 又

萧萧几叶风兼雨,离人偏识长更苦①。欹枕数秋天,蟾蜍早下弦②。

夜寒惊被薄,泪与灯花落③。无处不伤心,轻尘在玉琴④。

**【笺注】**

①长更:犹长夜。唐韦应物《三台令》:"不寐倦长更,披衣出户行。"

②蟾蜍:传说中有三足蟾蜍,这里代指月亮。

③泪与灯花落:灯花:灯心余烬结成的花状物。宋花仲胤妻《伊川令·寄外》:"教奴独自守空房,泪珠与灯花共落。"

④玉琴:玉饰的琴。宋晁补之《回纹》:"织锦机边音韵咽,玉琴尘暗薰炉歇。"

## 又 回文[①]

雾窗寒对遥天暮,暮天遥对寒窗雾。花落正啼鸦,鸦啼正落花。

袖罗垂影瘦,瘦影垂罗袖。风翦一丝红[②],红丝一翦风[③]。

【笺注】

①回文:亦称"回环",修辞辞格。运用词序回环往复的语句,表现两种事物或情理的相互关系。有些回文刻意追求文字次序形式上的回绕,使同一语句顺读回读均可。

②风翦:风迅速吹过。

③红丝:五代王仁裕《开元天宝遗事·牵红丝娶妇》:"郭元振少时,美风姿,有才艺。宰相张嘉贞欲纳为婿。元振曰:'知公门下有女五人,未知孰陋,事不以仓卒,更待忖之。'张曰:'吾女各有姿色,即不知谁是匹偶,以子风骨奇香,非常人也。吾欲令五女各持一丝,幔前使子取便牵之,得者为婿。'元振欣然从命。遂牵一红丝线,得第三女,大有姿色。后果然随夫贵者也。"后为婚姻的代称。

# 又

催花未歇花奴鼓①,酒醒已见残红舞。不忍覆馀觞②,临风泪数行。

粉香看又别③,空剩当时月。月也异当时,凄清照鬓丝。

【笺注】

①催花鼓:唐南卓《羯鼓录》:"尝遇二月初诘旦,(明皇)巾栉方毕,时当宿雨初晴,景色明丽,小殿内庭,柳杏将吐,睹而叹曰:'对此景物,岂得不为他判断之乎?'左右相目将命备酒,独高力士遣取羯鼓,上旋命之、临轩纵击一曲,曲名《春光好》,神思自得,及顾柳杏,皆已发拆。上指而笑谓嫔御曰:'此一事不唤我作天公可乎。'"花奴:唐玄宗时汝南王李琎的小名。《羯鼓录》:"上性俊迈,酷不好琴。曾听弹琴,正弄未及毕,叱琴者出,曰:'待诏出去!'谓内官曰:'速召花奴将羯鼓来,为我解秽!'"

②覆:倾出,倒出。觞:酒杯。汉邹阳《酒赋》:"纵酒作倡,倾碗覆觞。"宋刘子翚《夜过王勉仲家宿酒数行为作此

歌》:"明朝分手更愁人,且覆清觞莫留剩。"

③粉香:犹脂粉的香气,这里代指所钟爱的女子。宋周邦彦《早梅芳·牵情》:"粉香妆晕薄,带紧腰围小。"

## 又

惜春春去惊新燠①,粉融轻汗红绵扑②。妆罢只思眠,江南四月天③。

绿阴帘半揭,此景清幽绝。行度竹林风,单衫杏子红④。

【笺注】

①燠(yù):暖,热。新燠,天气刚刚转暖。

②粉融轻汗红绵扑:唐白居易《和梦游春》:"粉汗红绵扑。"粉汗,妇女之汗。妇女面多敷粉,故称。红绵扑:女子化妆用的粉扑。四月天:指初夏之时。

③四月天:指初夏之时。

④杏子红:黄中带红,比杏稍红的颜色。古乐府《西洲曲》:"单衫杏子红,双鬓鸦雏色。"

# 又

榛荆满眼山城路①,征鸿不为愁人住②。何处是长安③,湿云吹雨寒。

丝丝心欲碎④,应是悲秋泪。泪向客中多⑤,归时又奈何。

【笺注】

①榛荆:犹荆棘,形容荒芜。
②征鸿:秋天南飞的雁。住:停留。
③何处是长安:宋陶明淑《望江南》:"别君容易见君难,何处是长安。"长安,这里代指京城。
④丝丝:一些、一点,指细雨,承上文"湿云吹雨寒"。
⑤客中:旅居他乡。

# 又

春云吹散湘簾雨①,絮粘蝴蝶飞还住。人在玉楼中,楼高四面风。

柳烟丝一把,暝色笼鸳瓦②。休近小阑干,夕阳无限山。

【笺注】

①湘簾:用湘妃竹做的帘子。

②暝色:暮色。鸳瓦:成对的鸳鸯瓦。南朝梁萧统《讲席将毕赋三十韵诗依次用》:"日丽鸳鸯瓦,风度蜘蛛屋。"

## 又

晓寒瘦著西南月①,丁丁漏箭馀香咽②。春已十分宜,东风无是非。

蜀魂羞顾影③,玉照斜红冷④。谁唱后庭花⑤,新年忆旧家。

【笺注】

①瘦著:瘦削,月为瘦,即弯月或月牙。著,用于形容词词尾,表示程度。

②丁丁:原指伐木声。这里形容漏声。漏箭:漏壶的部件。上刻时辰度数,随水浮沉以计时。咽:填塞,充塞。

③蜀魂:指杜鹃。相传蜀主名杜宇,号望帝,死化为鹃。春月昼夜悲鸣,蜀人闻之,曰:"我望帝魂也。"顾影:自顾其影,有自矜、自负之意。

④玉照:宋张镃堂名。张镃《玉照堂品梅记》:"淳熙己巳,得苑圃于南湖之滨,有古梅数十,增取西湖北山红梅合三百余本,筑堂数间,花时居宿其中,环洁辉映,夜如对月,因名曰玉照。"斜红:指人头上所戴的红花。

⑤后庭花:乐府清商曲吴声歌曲名,本名《玉树后庭

花》，南朝陈后主制。其辞轻荡，而其音甚哀，故后多用以称亡国之音。唐杜牧《泊秦淮》："商女不知亡国恨，隔江犹唱后庭花。"

## 又

为春憔悴留春住①,那禁半霎催归雨②。深巷卖樱桃,雨馀红更娇③。

黄昏清泪阁④,忍便花飘泊⑤。消得一声莺⑥,东风三月情。

【笺注】

①为春憔悴留春住:此词今存词人手迹,写给高士奇。高士奇,清诗人、书画鉴赏家。落魄时,曾被明珠聘为词人的书法老师。后以诸生供奉内廷,为康熙所宠幸,官至少詹事。
②半霎:极短的时间。
③雨馀:雨后。
④阁:含着,不使流下。
⑤忍便:便教,便让。
⑥消得:禁得起。

# 又

隔花才歇廉纤雨①,一声弹指浑无语。梁燕自双归②,长条脉脉垂③。

小屏山色远,妆薄铅华浅④。独自立瑶阶⑤,透寒金缕鞋。

【笺注】

①廉纤:雨细的样子。宋晏几道《生查子》:"无端轻薄云,暗作廉纤雨。"
②梁燕:梁上的燕子。
③长条:长的柳条。脉脉:连绵不断貌。
④铅华:妇女化妆用的铅粉。
⑤瑶阶:石阶的美称。宋曾布《水调歌头》:"窈窕佳人,独立瑶阶。"

# 又

黄云紫塞三千里①,女墙西畔啼乌起②。落日万山寒,萧萧猎马还③。

笳声听不得,入夜空城黑。秋梦不归家,残灯落碎花④。

【笺注】

①黄云:沙尘,塞外沙漠黄沙飞扬,天空常呈黄色,故称。南朝宋谢灵运《拟魏太子"邺中集"诗·阮瑀》:"河洲多沙尘,风悲黄云起。"紫塞:北方边塞。晋崔豹《古今注·都邑》:"秦筑长城,土色皆紫,汉塞亦然,故称紫塞焉。"

②啼乌:用"齐垒啼乌"之典。《左传·襄公十八年》:"丙寅晦,齐师夜遁。师旷告晋侯曰:'乌乌之声乐,齐师其遁。'"后为敌军败逃的典实。

③萧萧:形容马叫声。《诗·小雅·车攻》:"萧萧马鸣,悠悠旆旌。"

④残灯落碎花:唐戎昱《桂州腊夜》:"晓角分残漏,孤灯落碎花。"碎花:喻指灯花。

# 又

飘蓬只逐惊飙转①,行人过尽烟光远②。立马认河流③,茂陵风雨秋④。

寂寥行殿锁⑤,梵呗琉璃火⑥。塞雁与宫鸦⑦,山深日易斜。

【笺注】

①飘蓬:飘飞的蓬草。
②烟光:云霭雾气。
③立马:驻马。认河流:通过辨别河流的方向确认方位。
④茂陵:一为汉武帝刘彻的陵墓,在今陕西省兴平县东北。《汉书·武帝纪》:"(后元二年)二月丁卯,帝崩于五柞宫,入殡于未央宫前殿。三月甲申,葬茂陵。"颜师古注引臣瓒曰:"自崩至葬凡十八日。茂陵在长安西北八十里也。"二为明宪宗朱见深的陵墓,在今北京市昌平县北天寿山。
⑤寂寥:空无一人。行殿:犹行宫。唐李商隐《旧顿》:"犹锁平时旧行殿,尽无宫户有宫鸦。"
⑥梵呗:佛教作法事时的歌咏赞颂之声。南朝梁慧皎《高僧传·经师论》:"原夫梵呗之起,亦肇自陈思。"

⑦塞雁：塞外的鸿雁，秋季南来，春季北去。古人常以之作比，表示对远离家乡的亲人的怀念。宫鸦：栖息在宫苑中的乌鸦。

# 又

晶簾一片伤心白①,云鬟香雾成遥隔②。无语问添衣,桐阴月已西。

西风鸣络纬③,不许愁人睡。只是去年秋,如何泪欲流。

【笺注】

①晶簾:水晶帘子,这里借指眼泪。伤心白:极其悲痛。明刘基《摸鱼儿·金陵秋夜》:"回首碧空无际,空引睇,但满眼芙蓉黄菊伤心丽。"

②云鬟香雾:唐杜甫《月夜》:"香雾云鬟湿,清辉玉臂寒。"词人借杜甫写给妻子的诗,代指妻子。

③络纬:即莎鸡,俗称络丝娘、纺织娘。夏秋夜间振羽,发出"沙沙""轧织"的声音,如纺线样,故名。

# 又　寄梁汾茗中①

知君此际情萧索，黄芦苦竹孤舟泊②。烟白酒旗青，水村鱼市晴③。

柁楼今夕梦④，脉脉春寒送⑤。直过画眉桥⑥，钱塘江上潮。

【笺注】

①茗中：江苏苏州西北阊门外有茗溪，溪有东、西二源，合入太湖。顾梁汾南归后曾寓居此地，故云。康熙二十一年（1682）秋，词人作《送沈进士尔璟归吴兴》："无限江湖兴，因君寄虎头。"自注："时梁汾在芬上。"

②黄芦：枯黄的芦苇。苦竹：笋有苦味，不能食用。《齐民要术》："竹之丑者有四，有青苦者，白苦者，紫苦者，黄苦者。"唐白居易《琵琶行》："黄芦苦竹绕宅生。"

③水村：水边的村落。鱼市：卖鱼的市场。宋王禹偁《点绛唇·感兴》："水村渔市，一缕孤烟细。"

④柁楼：船上操舵之室。因高起如楼，故称。这里指借宿船中。

⑤脉脉：连绵不断貌。

⑥画眉桥：顾贞观有咏六桥自度曲《踏莎美人》云："双鱼好记夜来潮，此信拆看，应傍画眉桥。"自注："桥在平望，俗传画眉鸟过其下即不能巧啭，舟人至此，必携以登陆云。"平望，在江苏吴江县南运河边，与苕溪并不相通。此处词人说过画眉桥，借指梁汾故乡。

## 又 回文

客中愁损催寒夕[①]，夕寒催损愁中客。门掩月黄昏，昏黄月掩门[②]。

翠衾孤拥醉，醉拥孤衾翠。醒莫更多情，情多更莫醒。

【笺注】

①客中：旅居他乡。愁损：忧伤。

②门掩月黄昏，昏黄月掩门：清朱彝尊《菩萨蛮·长山客山》："门掩乍黄昏，昏黄乍掩门。"

## 又 回文

　　砑笺银粉残煤画①，画煤残粉银笺砑。清夜一灯明②，明灯一夜清。
　　片花惊宿燕，燕宿惊花片。亲自梦归人，人归梦自亲。

【笺注】

　　①砑笺：压印有图画的信笺。砑，压印。银粉：银的粉末，砑笺的颜料。煤：墨。
　　②清夜：清静的夜晚。

# 又

乌丝画作回纹纸①,香煤暗蚀藏头字②。筝雁十三双③,输他作一行④。

相看仍似客,但道休相忆⑤。索性不还家,落残红杏花。

【笺注】

①乌丝:有墨线格子的笺纸。回纹:即回文诗。

②香煤:古代妇女用以画眉的化妆品。暗蚀:暗中损伤。藏头:诗歌中的一种特殊诗体。每句诗的诗头一个字嵌入要表达的内容。

③筝雁:筝柱。因筝柱斜列如雁行,故称。汉晋之前,筝设十二弦,后加至十三弦、十五弦、十六弦及二十一弦。唐李商隐《昨日》:"十三弦柱雁行斜。"输他作一行输他:犹言让他。

④输他:犹言让他。

⑤相忆:想思,想念。

## 又

阑风伏雨催寒食①,樱桃一夜花狼藉。刚与病相宜,锁窗薰绣衣②。

画眉烦女伴,央及流莺唤。半晌试开奁③,娇多直自嫌④。

【笺注】

①阑风伏雨:犹阑风长雨。阑珊的风,冗多的雨。泛指风雨不已。寒食:寒食节,在清明前一日或二日。相传春秋时晋文公负其功臣介之推,介愤而隐于绵山,文公悔悟,烧山逼令出仕,之推抱树焚死。人民同情介之推的遭遇,相约于其忌日禁火冷食,以为悼念。以后相沿成俗,谓之寒食。按,《周礼·秋官·司烜氏》"中春以木铎修火禁于国中",则禁火为周的旧制。汉刘向《别录》有"寒食蹋蹴"的记述,与介之推死事无关;晋陆翙《邺中记》《后汉书·周举传》等始附会为介之推事。寒食日有在春、在冬、在夏诸说,惟在春之说为后世所沿袭。南朝梁宗懔《荆楚岁时记》:"去冬节一百五日,即有疾风甚雨,谓之寒食。禁火三日,造饧大麦粥。"

②锁窗:犹琐窗,雕刻或绘有连环形花饰的窗子。

③奁（lián）：古代盛梳妆用品的器具。《后汉书·皇后纪·光烈阴皇后》："视太后镜奁中物，感动悲涕。"李贤注："奁，镜匣也。"

④直：副词，只，但。

## 又

梦回酒醒三通鼓①,断肠啼鴂花飞处②。新恨隔红窗③,罗衫泪几行。

相思何处说,空有当时月。月也异当时,团圞照鬓丝④。

【笺注】

①三通鼓:用于击鼓催征。中国古代两军开战,摆好阵势,一方击鼓叫战,另一方擂鼓应战。如果对方不应战,叫战方会在三通鼓后攻击。

②鴂(jué):杜鹃。

③新恨:新产生的惆怅之情。

④团圞:这里借指月亮。

*此词补遗自《昭代词选》卷九,蒋重光编,清乾隆三十二年经锄堂刻本。

# 菩萨蛮　过张见阳山居赋赠[①]

车尘马迹纷如织，羡君筑处真幽僻[②]。柿叶一林红，萧萧四面风。

功名应看镜[③]，明月秋河影[④]。安得此山间，与君高卧闲[⑤]。

【笺注】

①张见阳山居：词人好友张纯修（字子敏，号见阳）在京郊西山有别墅。清初学者毛际可《张见阳诗序》："曩者岁在己未……张子见阳联骑载酒招邀作西山游。同游者为施愚山、秦留仙、朱锡鬯、严荪友、姜希溟诸公，分韵赋诗，极一时之盛。"

②真幽僻：清初诗人、学者施闰章（字尚白，号愚山）有《同毛会侯、曹宾及、梅耦长宿张见阳西山别业》一诗，其中有"萝阴别馆绿溪静，竹外繁花拂槛低"两句。

③功名应看镜：功名勋业未成，而镜中的容貌已经不堪岁月的洗磨渐渐衰老。唐杜甫《江上》："勋业频看镜，行藏独倚楼。"宋毛滂《蝶恋花》："勋业来迟，不用频看镜。"

④秋河：即银河。梁元帝《东宫后堂仙室山铭》："殿接

南箕，桥连北斗。秋河从带，春禽衔绶。"唐李商隐《楚宫》诗之二："暮雨自归山悄悄，秋河不动夜厌厌。"

⑤高卧：悠闲地卧躺着，常有隐居不仕之想。《晋书隐逸传陶潜》："尝言夏月虚闲，高卧北窗之下，清风飒至，自谓羲皇上人。"

## 醉桃源

斜风细雨正霏霏①,画帘拖地垂②。屏山几曲篆香微③,闲庭柳絮飞。

新绿密,乱红稀。乳莺残日啼④。馀寒欲透缕金衣,落花郎未归。

【笺注】

①斜风细雨:细密的小雨随风斜落。唐张志和《渔父》:"青箬笠,绿蓑衣,斜风细雨不须归。"霏霏:雨盛貌。

②画帘:有画饰的帘子。

③屏山几曲篆香微:明陈子龙《醉落魄》:"几曲屏山,竟日飘香篆。"

④乳莺:刚出生的莺所叫的第一声,悦耳动听,如泉出谷。残日:夕阳。

# 昭君怨

深禁好春谁惜①?薄暮瑶阶伫立②。别院管弦声,不分明。

又是梨花欲谢,绣被春寒今夜。寂寂锁朱门,梦承恩③。

【笺注】

①深禁:深宫。
②薄暮:傍晚,太阳快落山的时候。
③承恩:汉台馆名。《汉书·霍光传》:"筑神道,北临昭灵,南出承恩。"颜师古注引服虔云:"昭灵、承恩,皆馆名也。"

此词补遗自《纳兰词补遗》卷一,王云五主编,万有文库。

# 又

暮雨丝丝吹湿，倦柳愁荷风急①。瘦骨不禁秋，总成愁。

别有心情怎说？未是诉愁时节。谯鼓已三更②，梦须成。

【笺注】

①倦柳愁荷：宋史达祖《秋霁·江水苍苍》："江水苍苍，望倦柳愁者，共感秋色。"秋霜之后，柳叶快要衰落，荷塘枯叶。

②谯鼓：谯楼更鼓。见《金缕曲·慰西溟》笺注。

\*此词补遗自《纳兰词》卷一，汪元治编，清道光十二年结铁网斋刻本。